富盛菊枝児童文学選集 1

鉄の街のロビンソン

影書房

鉄の街のロビンソン　目次

鉄の街のロビンソン

1　朝、六は家をとびだす

「どこに行くんだい、六。こんな朝っぱらから。」

大がまのむこうで、いきなり声がひびいた。姿は見えないが、おもちゃの機関銃をうちまくるように、ぽんぽんいうのは、おばさんだ。六は、あわててからだを折った。かん高い声といっしょにとんできたたまでもさけるようなかっこうで、上がりかまちに低くなった。

教室の三分の一もない、せまいとうふ屋の仕事場では、グラインダー（豆すり機）が豆をかむ音、ガスの火がしゅうしゅういう音、かまの中で豆乳が煮えたつ音や水そうに落ちこむ水の音が、ぶつかり合っている。だが、おばさんは、どんな物音にも負けない声をはりあげる。

「どうしたっていうのさ。おまえ、ねぼけてんじゃないのっ。」

あとからあとからわきあがる湯煙が、かまの上にひろがり、早い雲になって散るなかで、てぬぐいをかぶったおばさんの頭が、見えかくれする。六は、そのあたりに目をくばったまま、トレパンをはいた足で、コンクリートの床をさぐる。ねぼけていない証拠に、つま先は、一メートルほどもはなれてぬぎすててあった運動ぐつを両方とも、すぐにさがしあてた。右も左もなく足をつっこんで、仕事場のわきにある裏口へ、五、六歩とんだ。ぐずぐずしぶる引き戸をそっと持ちあげて動かし、あいたすきまにからだをわりこませてから、はじめて口を開いた。

「ちょっと、そこまで行ってくる。」

声が小さかったのか、とうふ作りにいそがしい仕事場からは、返事がない。

「自転車借りるよ。」

六は、少し大きい声をだした。

「ああ。」

赤金色をしたグラインダーの胴のかげから、おじさんが上半身をのぞかせた。

「きょうは、おれ、朝一番で出る日なんだ。早くもどってこいよ。」

「六時までだよ、六時。」

追っかけて、おばさんがさけぶ。

「わかった。」

六は、戸口の柱に返事をうちつけて、しきいの内側にあった片足をひきぬいた。

「なんだってまた、あのねぼすけが……。」

白い髪にかかる湯気を手ではらいながら、おばばがあらわれた。足もとまであるゴムの前かけをゆすって、ふとったからだを運んでくる。六は、肩をすくめて、自転車のハンドルにとびついた。ななめにたおした車体に全身をあずけて、店の前の通りへすべりだす。

「朝から、なーにがあるっちゅうんだか……たまに早くおきたと思ったら、とびだしていっちまう……ろくてなしの、六があ。」

おばばは、六の背中にぶつぶついった。「ろくでなし」のことを、おばばは「ろくてなし」という。

「ろくてなしの六」か。ふたりめの孫なのに、六なんて名前がいいといってゆずらなかったのは、おばばだっていうからなあ。

六は、広い通りまで出て、ふりむいた。おばばはいま、六があけっ放しにしてきた戸につかまって、血圧がきゅうにあがったりしないように、空をあおいでいる。

朝もやの中で、まだねむっている町の通りを、六はぐんぐん走りだした。自転車は、おじさんが製鉄工場への通勤に使っている中古だが、調子はいい。競輪の選手がやるように背中をまるめ、あごをひいて、ぐっと前方をにらむ。舗装道路が、しっとりと露にぬれて続いている。市役所の散水車がまちがって朝早く通っていったのではないかと思われるほどだ。タイヤが路面に吸われて、ひたひたいう。いい音だ。だれもいない夜明けの国道をぶっとばしてみたいと考えたのは、ゆうべだけじゃないけど、ぱっと目をさませたのは、けさがはじめてだもんな。

　四つ角の信号が見えてきた。黄色い注意信号だけが、少しずつ明るんできた町角でついたり消えたりしている。まるで、ねぼけた目配せのようだ。六は信号から目をはなして、スピードをあげながら、十字路につき進んだ。

　左手の道で、猛獣のうなり声がした。黒いバイクが空中をとぶいきおいで迫ってくる。六は、ブレーキをにぎって、強く引いた。とまりきれないでいる自転車を、バイクがしりをひねってかわす。白いヘルメットに色めがねをかけた若い男が、ふりむいてなにかさけんだ。そいつは、大きな曲線を描いて進路をとりなおすと、つっ立っている六に轟音をあびせて、右手の道へまっすぐ消えていく。

あわててとびおりてしまったので、自転車は道のまん中で、足を折られた動物のようにかしいでたおれていた。引きおこしてみると、バックミラーにひびがはいり、ハンドルがななめに曲がっている。前輪を股にはさんで、ハンドルを正面にむけようと、力んだ。おばさんに洗ってもらったばかりの白いトレパンに、土のしみがつく。荒い息をおさえて、自転車にまたがった。バイクが走り去ったタイヤのあとが、道の面にはりついているのが、目にうつった。

　こいつをつけてってやろう。すごいスピードでとびだしてきたくせに、あんちくしょうったらこっちをどなりやがった。「やいっ、気をつけろ！」っていったのか、「もたもたするな！」だったか……。いま投げつけられたことばを、ミラーのかけらといっしょに、あいつにつき返してやりたい。

「なにやってんだよ、このバカ！」

　そうだ。バイクの男は、そういったんだ。こっちを子どもとみて、せせらわらった声のひびきまで思い出せる。六は、自転車の三倍もありそうな太さで目の前にのびているタイヤのあとをふみにじって、走りだした。

　国道をそれた道は、まもなく舗装道路ではなくなった。小石と砂のまじった道の表面には前に通った車のあとが何本もついていて、バイクが掘っていった浅いみぞと見分けがつかない。

あたりには、家がなかった。人の姿や車の影もない。砂のまじり具合が多くなってくる道は、海へむかっていて、浜へ出るあたりに漁師たちの家らしい屋根がひとかたまり見える。そして、浜辺に行きつかないうちに、海岸にそって西へ走る分かれ道に出あった。

六は、二本の道のつけ根で自転車をとめた。ふりかえってみると、交差点からせいぜい三百メートルくらいしかきていない。それなのに、まわりは、丈の長い草のしげる一面の草地で、波の騒ぐ音が近くきこえる。国道の裏側に、こんなところがあるなんて知らなかった。四か月前に北海道の東にある炭鉱町から南部のこの町、蘭内に移ってきたばかりのころ、六は、はじめての土地で、この、わくわくする気持をしょっちゅう味わった。それが、いつのまにか、この町を知りつくしたつもりになっていたのだ。たいていの人間にとって、新しい世界がたちまちあたりまえの世界になってしまうように。

いま、六には、見おぼえのある町並をちらっとのぞかせている十字路のあたりが、なじみの深い世界からの出口だったように見える。あそこへもどるまで、時間はまだあるんだ。

六は、自転車をおりてシャツの胸のボタンがはじけてしまうほど大きなのびをした。

朝焼けに染まりはじめた低い砂山をこえて、海のひびきが大気の中を伝わってくる。砂山のてっぺんに登って、ひろがる水を見てみたい。六は、分かれ道のほうへかけだした。ほんの二、三メートル行ったところでのめった。砂地に、一本のすじがのびている。バイクが通ったあとだ。タイヤの波形の模様はたしかめられないが、十センチくらいの溝の幅といい、はげしく砂をかき分けたあとといい、さっきのバイクが作ったものにちがいない。なんてはっきりした〝あしあと〟だろう。これをつけていけば、あの男にあえる。六は、自転車のところへもどって、追跡を続けた。

あたりがきゅうに光であふれた。のぼってきた太陽が、白い矢を、うしろから射かけてくる。車輪が新品に生まれかわったように輝く。バックミラーは、光をはね返した。明るい鏡の一箇所は欠け落ちて、ひびわれがはしまでとどいている。ガラスの内側にはいりこんだ大きな足長グモが、折れ曲がった八本の足をのばしているように見える。

「ちぇっ、買って返さなきゃだめだな、こいつは。」

だれが、弁償するんだ？　もちろん、とびだしてきたあの男だ。でも、このバカ！　って、どなったようなやつが、こっちの言い分をきくだろうか。

砂山からはずれ、道が浜とひと続きになったところで、自転車がどうにもならないほど重くなった。バイクの若者がおもしろがって走ったあとを、自転車でつけていくなんて、ほんとにバカみたいなことだ。ほおをふくらませ、まるい顔をいっそうまるく赤くして追っかけている姿を、あの男が見たら、なんというだろう。

ためらう気持とは反対に、手と足はいきおいよく動く。砂地からやわらかい赤土にかわった道の上に、タイヤのあとが、はっきりと浮きだしている。六は、小高い丘の斜面を登りにかかった。バイクなら一気にかけあがってしまっただろうと思えるゆるやかな坂でも、自転車では息がきれる。そうだ、身軽になって足を使うほうがいい。そして、おじさんのだいじな自転車は、これ以上被害をかぶらないように、草むらにかくしておくことだ。

六は、ススキに似た背の高い草の茂みをかき分けた。細い葉先にたまった朝露が首すじに落ちてくる。両手を大きく動かして目の前の草をはらった。うす暗い茂みの奥に、黒い保護色をぬったような鋼のかたまりが見えた。

バイクだ！　六は自転車を横抱きにして、あとずさった。それは、いまにも、うなりをあげてとびだしてきそうに、こっちに頭をむけている。六は、茂みを出て、つけてきたタイヤのあとをたどってみた。たしかに、草むらの前で消えている。あの男は、ここまできて、どういうわけか、六と同じように乗り物をかくす気になったのだ。

六は、あたりに目を走らせた。草地をぬけてきて上へ続いている一本道、道のはずれの黄色い花のむらがり、ところどころに動物がうずくまっているような丘の起伏、どこにも人影はない。

もういちど目をあげたとき、丘の上でなにかがちらっと動いた。一面の緑の中で、そこだけ赤茶色の地肌がめだつ崖のふちだ。そこに黒い影がひとつ、立っている。男だ。さっきの男かどうかははっきりしないが、上から下まで黒っぽい服装は似ている。

男は、二、三歩ふみだし、いきなり、長い上着をひるがえして崖をとびおりた。たしかにこっちをめざしてとんだ。あいつだ。バイクの男だ。

崖の下で、男は、あぶなくかたむきかけたからだをたてなおした。頭をつきだし、地面に目を吸いつけられたようにして歩いてくる。六は、こわばる足を、むりに前へ運んだ。もう、にげることもかくれることもできない。そこで、六の足はぴたりととまった。全身から力がぬけていった。近づいた男は、肉のついたたくましい肩をしていた青年とはちがって、やせて背が高く、ずっと年をとったからだつきをしている。マントのように見えた上着は、晴れた夏の朝だというのにすっぽり着こんでいる灰色のうすよごれたレインコートだった。

朝日を背負った六の長い影が男の足もとにとどいた。男は、顔をあげた。くせのある毛が耳のうしろではねあがり、とがったほおからあごにかけてひげが黒い脈を作っている。黄色いひたいの下の細い、ねむそうな目が、奥のほうで一瞬、鋭く光った。

おじさん、といいかけたことばを、六はのみこんだ。しきりにまばたきをして、男の姿を目の中からはじきだすふりをする。男もきゅうに遠い目つきになり、海のほうへからだのむきをかえた。六は、手にふれる草の穂を引きぬきながら、その背後を通りぬけた。

へんな人だ。朝っぱらから、こんなところでなにをしてるんだろう。散歩にきたんだろうか。いや、あれはどうも散歩ってかっこうじゃない。六は、じぶんの足もとをながめた。トレパンのすそも運動ぐつも、露でぬれ、草の実とこまかい砂つぶが一面にはりついている。ふりかえって、男の足を見た。ゴムの長ぐつをはいている。とうふを作るときにはくようなのだ。

「おじさん。」

六は男のうしろ姿に、よびかけた。

「ここらへんで、若い男のひとを見なかった？　バイクに乗ってる。」

「ん？」

男は、シャツの胸ポケットを指でさぐり、たばこを一本とりだした。火のついていないたばこを口にくわえて、ぼそぼそと続ける。

「むこうのゴルフ場で、ひとり、へったくそなのが練習していたけどな。若いやつじゃなかった。」

こんどは、コートのポケットから、マッチをつかみだす。小さなたばこマッチといっしょに黒い石のかけらがあらわれた。六は、目をひきつけられた。マッチや石のかけらにではなく、男の広いてのひらからはえている指のほうにだ。あるはずのものがない。小指と薬指とが根もとからない。

「三本指！」と声に出そうになった。

「そ、それ、石炭だろ。おじさん。」

目は指を見ながら、六は、その指がはさんで持っている黒い石のことをいった。

「特級の塊炭だ。照りでわかる。」

「塊炭？　そう見えるか。」

男は、幅三センチ、長さ五、六センチほどのつやつやした細長い石を、太陽にかざす。

「照りでわかるっていったな。どこでそんなことおぼえたんだ。」

はじめてわらい顔になった男が、六をのぞきこむ。

「だって、おれ、炭鉱で生まれたからさ。こないだまで、ずっといたんだ。」

「ほう。それがどうしてここへきた。」

「閉山になっただろ。それで、おばばんとこにあずけられたのさ……。おじさん、その石ちょっと貸して。」

さしだした手に、そっと石がおかれた。

「これは、矢じりだ。石炭じゃなくて黒曜石っていうのをけずって作ってある。」

「矢じり？」

大むかしの人が使っていた、あれのことか。全体がヘビの頭みたいに見える平たい石には、小さなうろこをならべたようなけずりあとがある。たしかに、形をととのえて磨きあげられたものだ。六は、男がやっていたのをまねて、石を陽にあてた。鋭い切っ先のあたりがすけて、赤く燃えあがった。

「きれいだなあ。これ、どこで拾ったのさ、おじさん。」

「どこって……教えてもいいが。」

男は、けむたそうな顔をして、短くなったたばこを口からはなした。

「ま、秘密ってことにしとくか。」

秘密か、おもしろい。六はだまって、男に矢じりを返した。よっぽど、あの石がだいじなんだな。男は、崖のほうに背をむけ、また、海をながめている。六はならんで、草原のすそにひろがる白い砂の帯や砂浜のはずれから沖へつきだしている半島へ、目をやる。

「そうだ。おじさん、いま何時？」

「六時十五分前だ。」

「いっけねえ、まに合わない。」

「学校か、まだ早いだろう。」

「自転車返すんだよ。学校はそのあと。」

六は、草むらにかけより、かくしておいた自転車を引きおこした。ハンドルをにぎって、ふと、うしろを見た。男がさっきの茂みをめざして歩いている。タイヤのあとを長ぐつでふみつけ、茂みの中へどんどんはいっていく。背の高い草が二、三本、伐採される森の木のように、ゆっくりたおれた。そこから、男はバイクを引きだしてきた。全身をあらわしたバイクは、黒い塗料がところどころはげ落ちた、みすぼらしい古物だ。

男が、「早く行け」と、手をふってみせる。六は、まばたきをやめ、頭をゆすった。

「ねぼけてんじゃないのっ、六時だよ」おばさんの声が耳の奥でする。ペダルにかけた足に力をいれ、坂道をおりはじめた。

男がバイクを動かそうとしている音がした。エンジンがなかなかかからないらしく、音だけが、丘の上から追ってきた。

2　てのひらで名案が生まれる

仕事場は、きちんとかたづけられていて、もう、だれもいなかった。自転車をいそがせてきたので、立っている足が、がくがくと折れる。六は、水そうのふちにしりをのせた。水の表面をさざ波が走り、作りたてのとうふが肩をぶつけあって、わらったような気がした。

「おう、帰ってきたのか。」

奥から、おじさんが出てきた。べんとうをさげている。

「ごめん。おそくなって。」

六は、頭に手をやった。

「バイクとぶつかってしまったんだ。」

「ぶつかった？　それで、おまえ、だいじょうぶか。」

「けがはしなかったけど……。自転車がちょっと。」

「やったのか。」

「うん。」

六は、先に立って、店先にとめた自転車のそばへ行った。割れたミラーを指さしてみせる。おじさんの細い鼻にしわがよった。

「また、二本ともうまく割ったもんだ、ミラーだけ。……とりつけたばっかりの、最高のをなあ。」

「ごめんよ。」

くちびるの片はしをさげたおじさんは、まだなにかいいたそうである。

「おれ、買って返すよ。それより、時間だいじょうぶかい。」

「うん、そうだった。」

おじさんは、べんとうを荷台にくくりつけた。国道が通勤バスとバイクと自転車とでラッシュになるのは、これからだ。この町の三分の一以上もの人が勤めている製鉄会社の始業時刻は八時。だが、工員のおじさんたちは三交替で、朝一番の出は前夜からの組と七時に仕事をかわる。おじさんは、けさ、六がやったように背中をまるめて自転車をこいでいった。

「出かけたかい。」

こんどは、おばばがあらわれた。

「まに合うかね。」

「だいじょうぶさ。」

「六時になってもおまえが帰らないから、はらはらしたよう。事故でもおこしたんじゃないかと思ったりして。」

いつもわらっているように見えるおばばの目が、トレパンのすそのほうにうつっていく。

「ああ、はらへった。」

六は、おなかをおさえた。ほんとうに腹の虫が返事をしてくれた。

「あきれた子だ。早く行って食べれ。きょうのとうふは、特別うまくできたから。」

さやえんどうととうふのみそ汁はおばばが自慢しただけあって、うまかった。できたてのとうふというのは、まだよくかたまっていないみたいで、のどの奥へすべっていってしまう。六は、三杯もそれを流しこんで、二階のじぶんの部屋へあがった。

じぶんの部屋といえばりっぱにきこえるが、そこは、前に店を手伝っていた人のために作った寝場所だったらしい。屋根裏に畳を三枚敷き、まわりをベニヤ板でかこっただけの部屋である。仕事場の上にあるので、朝、機械が動きだすと、震度2くらいの地震がきたようにゆれる。それでも、なれてしまえば、目はさめない。

なによりつごうがいいのは、この部屋にはめったに人があがってこないことだ。裏口をはいったすぐのところにある階段は急で、おばばにはむりだし、おばさんだって、六の部屋の前に作ってある物干し台にあがってくるのをこわがって、ぶつぶつこぼす。もっとも、おばさんがこわがるのは、けわしい階段よりも、天井裏にたくさんいるクモのほうだが。

六は、机によりかかって、壁を伝い歩きしている足長グモを目で追っていた。ちょうど水につける前の大豆くらいの大きさの胴体に、その長さの六、七倍もある足。そいつが、折れ曲がった足をとめると、壁の一部にひびわれ模様ができる。われたバックミラーそっくりの。

「とりつけたばかりの、最高の」ミラーか。おじさんが、あんなにくやしがっていたのだからな。あのミラーは、一個三百円、いや五百円はするかもしれない。二つともとりかえたら千円になる。

ひきだしの奥から、糸に通した五十円玉をとりだした。二十個はある。でも、これを使ってしまえば、ほしいと思っていた万年筆も釣り竿も、いつかは手に入れようと考えている天体望遠鏡やディマーランプ付きのスポーツ車も、すべての望みが消えてしまう。ほんとうのことをいうと、こづかいは、いつもこのくらいしかない。けれども、銀貨を持ちあげると、糸の先に買いたいものがつながっているようで、ちょっといい気持になれる。それが、ただの一本のひょろひょろした糸だけになってしまっちゃ、おしまいだ。

六は、五十円玉の重みをてのひらで惜しみながら、通りにむかってあいている小さな明りとりの窓のそばへ行った。これをふやす方法はないか。ガラスが一枚はいっただけの回転窓をおして、学校へ行く子どもたちがふえてきた表通りをのぞく。むかい側に酒屋、ふとん屋、一軒おいてラーメン屋、こちら側にはおかし屋、文房具店……。どれも、おとなたちが、朝から晩まで、商売、商売といっていそがしくやっている店だ。アルバイトにやとってもらったとしても、六にできるのは、ほんの使い走りくらいのものだ。

「おい、行かないか。」

店の正面の屋根にとりつけてある横長の看板のかげで、だれかが、こっちを見あげている。

「おれだよ、おれ。」

すっかり声がわりのした太い声。広いおでこと目だけが、ちらっと見えた。

「なんだ、川田か。いま、行く。」

同じ学級だが、川田とはそんなに親しくはない。さそわれたのははじめてだ。いそいで学生服のズボンとワイシャツに着がえる。ノートや教科書を持つ必要はない。きょうは、夏休みの前の最後の登校日だ。

ならんで歩くと、川田は頭一つ大きかった。二年生のなかでは、六も大きいほうなのだが、ずばぬけて背の高いのが二、三人いる。川田はそのひとりで、おまけに横幅もある。高校生だといっても、だれも疑わないだろう。

川田は、六の肩に、あつぼったい手をのせた。

「自由研究の課題とかっての、思いついたか？」

「あれ、夏休みにやればいいんだろう。」

「ちぇっ、ねぼけたこといってやがら。」

川田は歩道のまん中で立ちどまり、地面を一つけった。

「休みの前に、課題決めて出しとくってこと。」

「題だけ先にかい。そんな……。」

「ガヤのやりそうなことだって。おれたちが、じぶんでこの問題やりますっていってしまえば、先公と約束したことになる。それが、主、主……。」

「主体的な、勉強か。」

「シュ、タイセイを持ってえ、だ。」

ふたりは、社会科の教師で学級担任でもあるガヤの口ぐせをまねて、わらった。ガヤというのは、このあたりの海でいつでもよく釣れる、頭ばかり大きくて、まずい魚のことである。小さいからだに重そうな頭がのっている先生は、この魚に似ているが、もとはといえば、「熊谷」というじぶんの名を「クマガイじゃない、クマガヤといってもらいたい」と、きちょうめんに訂正するところからついたものらしい。

「青木たちはな、グループで公害やるんだとよ。会社の煙突からススがなんぼ出るか、毎日、測るんだってさ。」

「あいつらしい。うまいこと思いついたな。」

「うまいこと？　ススなんか、家の前に立ってりゃ、だまってたって降ってくんじゃねえか。ずるいよ。」

そうか。川田は、学級委員の青木がきらいなのか。公害研究のグループにはいらないで、ほかのことをやろうというんだな。

「困ったな。なんか考えないと、だめか。」

「そうなんだよ、内藤。おまえなら、思いつけるだろ。おれは、まるっきりだめなんだ。自由研究なんてきいただけで、頭が自由じゃなくなっちまう。」

川田は、音がしそうなくらい、がくりと頭をかたむけ、首がまわらなくなったまねをして二、三歩先を歩いてみせる。リングの上で、強いパンチを持つ相手に一発くらったような、だらしないかっこうだ。

「よし、考えるぞ。」

六は口走った。川田が期待にみちた目をむけてくる。それをさけて、六は排水溝の上を歩きだした。厚いコンクリートのふたのつぎ目からつぎ目へと足を運ぶ。そうしていくと、どこかでいい考えに出っくわすことがあるものだ。

ふっと、自転車でなにかを調べてまわったり追いかけたりしているじぶんの姿が浮かんできた。夏休みにやることがあるとすれば、刑事のように、いや探偵のように、そうでなければ新聞記者のように、やりたい。なにかを嗅ぎまわって、つきとめる。問題は、そのなにかだが、なにをさがすかといえば――あいつだ！　バイクでぶつかってきて、そのままにげるように行ってしまったあいつ。あいつをさがすことは夏休みの課題だ。

「おい、まだか。」

横を歩いている川田が、いった。六に歩調を合わせて、しんぼう強くついてくる。追いつめる刑事のつもりでいるのが、だんだん追いつめられる犯人のような気がしてきた。うまいいい方はないか、題さえつけばいいんだ。ともかく、この調査と追跡は、夏休みをかけてやるんだから。

「早く教えろよ。学校が見えてきたぞ。」

催促している川田に目をなげかけて、六は排水溝の最後のふたの上にとまった。

「こういうのは、どうだ。交通事故と交通量の調査。特に国道36号線と37号線の交差点近くの……。」

「それ、いい。最高。交通事故のない日ってないもんな。頭いいな、おまえ。」

指をならして、川田は排水溝のふたに乗ってきた。

「それで、ふたりでやることにするか、もう一つ考える時間ないぞ。」

「いいさ。偶然の一致ってことにしよう。べつべつに紙に書いて出しとくんだ。」

「よし、これは借りだぜ、内藤。」

川田は力をこめて、六の肩をたたいた。

「ああ。」

六は、答えながらよろけた。

あしたからは、きまりきった時間にきまりきった勉強をしに、学校へ行かなくてもいいのだ。いま、たったいま、夏休みがはじまった。六は、生徒通用門の石段を、はずみをつけてかけおりた。そこから下へ続く長い坂道には、正午をまわった七月の陽がはね返っている。

六は、空を見あげた。夏雲が、この丘のむかい側に横たわる蘭内岳の上に浮かんでいる。ウサギのしっぽを三つ四つつまんできておいたようだ。雲の近くは青空だ。だが、山すそには、きょうもうすねずみ色のスモッグが漂い、町は、その底に沈んでいる。

半透明の幕を通して、正面に製鉄工場の全体が見わたせた。夜空に火を吹きあげて家の窓をあかあかと染め、この町についたばかりの六を「火事だっ！」と騒がせた熔鉱炉の塔。緑色のトタンでおおわれた虫かごの形をした建物は、おじさんが、けさも出かけていった圧延工場だ。高い煙突、低くて太い煙突、大小の建物、どれも赤っぽい灰色にくすんでいる。

六は、おりかけた坂道を、うしろむきのまま、五、六歩登り、背のびをした。煙突のあいだに、貨物船らしいのが見える。思いきって、二十メートルばかり坂をかけあがった。やっぱり、船だ。工場の敷地に切れこんだ港の水面がのぞく。水でつながった対岸には、白っぽいかたまりになっているのですぐわかるセメント工場と、銀色の大きな昆虫に似たタンクがむらがる石油基地とが見えた。

山の中の中学校で習った教科書には、この蘭内市のことを、〝北海道一の工業都市〟と書いてあった。色鉛筆で地図をぬり分けたとき、六は、この目で港や工場を見ることになろうとは考えてもみなかった。明るく大きくひらけた眺め。鉄というものはこんななにもかも地上にさらけだして作るんだ。ズリ山だけが空にむかってのびていく、あの谷間の炭鉱町では、みんなが土の中で生きていた。

頭の上でぎらぎらする太陽がまぶしい。六は、目を細く閉じて、両足をわずかずつ開いていく。小石がくつの底で音をたてる。この音は、ズリ山のてっぺんへよつんばいになってはいあがっていくときの音だ。いつのまにか、六は、ぱっくりと口をあけている。あの炭鉱のピラミッドの頂点にねころんで口をあけると、空を食ってるような気がした。たいていのとき、にいちゃんがいっしょだった。妹のきみ子は遊び相手にはならなかったけれど、ヤマがおしまいになってからは、ふたりでよく石炭拾いに行った。いまは、みんな、ばらばらだ。

はっとして、目を開いた。工場のサイレンが鳴りだした。つかみかかるような大きな音が、スモッグの底の町全体をゆさぶる。昼休みが終わった合図だ。六本煙突の左はじから黄色い煙がいきおいよくはきだされてきた。こんなところで、鉄の街の眺めに見とれてはいられない。あれは、おばさんが「昼めしをまずくする黄色い風」といってるやつだ。

六は、目の下につらなる西町のはずれの内藤豆腐店めざして、流れだした煙と競争をはじめた。

西町で一番大きい自転車屋の出口で、六は、いま見たものの値段を胸でくり返した。「最高級品、五二〇円」というのが、おじさんの自転車についているのと同じミラーだった。これで、机のひきだしの五十円玉はひとつ残らずなくなる。だいたい、いくら用心深いといったって、自転車に二個もバックミラーをつけている人はめずらしい。バイクやスクーターなら二本の角をはやしているのがふつうだが、おじさんの自転車じゃ、のろのろ歩きのかたつむりの角といったとこだ。

口をとがらせて考えこんでいるじぶんの顔が、西日を受けた店のガラス戸にうつっている。失敗は失敗だ。最高級品でも買って返さなくちゃ。六は、その顔にいいきかせた。おばばの肩たたきをやれよ。あれだって三十分やりとおせば五十円という約束だ。今夜からまじめにやろう。

六は、自転車屋の前をはなれた。夕方の買い物客で混む通りを、人の流れにのって歩く。「鉄の街市場」と白地に黒く太い字で書いた、運動会の入場門のようなアーチの下をくぐった。おとなが三人もならべばいっぱいになる、せまい通路の両側に、八百屋、おかし屋などの店が軒をならべている。ここには、二、三度、おばばについてきたことがある。むかしは「ヤミ市」といわれ、食べ物ばかりでなく着物やゴムぐつからなべまで、地べたにならべて売り買いしたところだそうだ。いまでも、店はどれも小屋といったほうがいい感じで、両側から張り出した低いひさしが、やっと夏の陽ざしをさえぎっている。

いつか新聞の写真で見た、アフリカのどこかの国のバザールとかいう市場は、おもしろかった。太陽がふりそそぐ広場に人があふれ、めずらしい果実を山もりにした大きなかごがならんでいたり、コイに似た魚のしっぽをつかみあげた男がさけんでいたり、布の上にこまごました機械の部品らしいものをひろげている店があったりした。自転車のミラーも、そんなとこでさがしだせば、ずっと安いかもしれない。「ヤミ市」というのが、そのまま残っていてくれたらよかったのに。

　魚屋の前で、六は足をとめた。ヤマでは見たことのない魚が、いくつもある。店の中で女の人がホッキ貝をむいていた。大きなじゃがいもくらいあるまるくて厚い貝殻のすき間に包丁をさし入れると、死んだように見えた貝が、がっちりとくいつく。刃をおさえこまれないうちに、早い手さばきで内壁をえぐる。すると、二つに分かれた殻の中から、やわらかい白い身が水をしたたらせてあらわれる。まるで、がま口をこじあけるように、つぎからつぎへと貝を開いていた女の人が、顔をあげた。くぼんだ目の底から鋭い視線をあびせてくる。六は、うしろからおされて、客のいちばん前に出ていたのだ。

　マーケットの中を渦巻いている人の流れにもどろうとした。六がむかった方向に、耳のわきからあごへかけてひげをのばした男の横顔があった。けさ、見た顔だ。丘の上であった男だ。二メートルとははなれていない、魚屋の売り台のはずれにいる。

　男は、リンゴ箱の上にならべてある皿の中身を見くらべて、一枚を選ぶ。箱のこちら側にすわっている女の子が、うす皮を三角の筒に作って、みかん色のウニのかたまりを、そこにあける。包みを受けとった男は、相手にちょっとわらいかけ、女の子もわらいをうかべてうなずく。太いまゆと大きな目が、陽にやけたはだの上でも黒く、くっきりした顔立ちの子だ。

声をかけないでいるうちに、男は、市場の中をU字型にのびている通路を奥へ歩きだした。人におされて、ゆっくり進んでいく。六は見失わないように、ついていくことにした。

出入口に近い店のそばにきたときだった。

「ちょっと、ちょっとお。」

ふとったおかみさんが、六の前へ走りでてきた。

「わすれもんだよ、お客さん。」

おかみさんは、出入口でおしあっている人の群れに声をかけた。人波の上に、長めの髪がはねあがったあの男の頭がつきでている。

「あれ、あれ、行っちまうよ、あのおじさん。ねえっ。」

店の客が気になるのか、おかみさんは追いかけていくのをためらっている。六は、一歩、前に出た。

「それ、あのおじさんのわすれ物?」

「そうなんだよ、困った人だ。このいそがしいのに。」

「おれ、追っかけてってやるよ。」

「わたしてくれるかい。たのんだよ。」

おかみさんの赤い大きな手が、六の手に、新聞紙でくるんだ、しめっぽい包みをのせた。

六は、人をかきわけて出口へ進んだ。アーチの付近から、男の頭は消えている。やっと、市場の前の広い通りに出た。右の道を見る。左を見る。人がたくさん歩いていても、背の高いあの男なら、すぐにわかるはずだ。通りは一本だ。六は、一番近い曲り角へ走った。角までできたとき、七、八軒先のたばこ屋から、男が歩きだすのを見つけた。背中を見せて、先へ行く。六は、走るのをやめた。

すぐに追いついて、包みをわたしてしまうのは、なんだかいまいましい。このまま、つけていってみよう。あの男がどこに住んでいて、なにをしているのか、さぐり出すチャンスだ。

男はゆっくりした大またで、首を前につきだして歩いていく。町を行くときも、地面をにらむ癖がぬけないらしい。さすがに、あのきたないレインコートと長ぐつはやめて、水色のポロシャツとグレーのズボンにげたばきというスタイルだが。

左手にのせた包みから、しずくが落ちた。ぬれた新聞紙を、そっと開いてみる。とうふだ。表面がいやに光っている、水っぽいとうふだ。うちの製品ではない。

青いポリエチレンの型の底には、水がもう少ししかなかった。六は、包みを、右手で水平に持ちなおした。「とうふっちゅうもんは、生きてる魚とおんなじさ。水がなくちゃもたないもんだ」と、おばばにきいたことがある。

炭鉱の住宅にいたころは、長い長い坂道を、町までべんとう箱を持って、とうふを買いに行かされた。冬の日は、手ぶくろにしみこむ水のしずくが、指をつきさすようにつめたかった。この町にも、丘の上の社宅から、店まで買いにやらされる子どもがいるだろうな。

六は、行く手にあらわれた、製鉄会社の社宅アパートをながめる。男は、その社宅街のほうへ、さっきからまったく変わらない歩調で近づいていく。六は、また、右手から左手へとうふを持ちかえた。こんな小さなものでも、手首がひどくつかれる。水をこぼさないように、とうふを運ぶのはたいへんなことだ。牛乳配達じゃないけれど、とうふの配達なんていうのがあってもいいくらいだ。

六は、なにかにつまずいたように、とびあがった。「とうふの配達」と、じぶんでいったことばに、つきあたったのだ。

これだ。ここに売るものがあった。いちばんてっとりばやくできるアルバイトだ。とうふを売り歩くなんてことは、この町にはないことだから、きっと売れる。てのひらのとうふをみつめて、六はにっこりした。

目を道にもどしたとき、六は、もう一度とびあがった。前方に続いている長い道の上から、男が蒸発している。姿が消えたと思われるあたりへかけつけた。社宅へ登る坂道の手前に、小さな店が二軒ならんでいる。パン屋の店先には、だれもいない。もう一軒の洋品店では、女の客がひとり、女主人と奥でひっそり話しているだけだ。

六は、道の反対側に立って、二軒の店をながめた。あの男が、あの歩調で行けるところはほかにありそうもない。といっても、この小さな二軒の家は、どこもあけっ放しで、パン屋のほうなどは、裏手の台所で赤ん坊をおぶった奥さんが働いている姿が、すけて見える。

いや、あけっ放しでない戸もあった。洋品店の四枚の表戸のうち、左側の二枚には、中から白いカーテンが引かれて、戸がしまっている。そして、もっとよく見ると、しめわすれたわずかのすきまが、だれかが出入りしたと告げているようだ。

五センチほどのすきまから、カーテンのはしが白い舌のようにのぞいたりひっこんだりしているそばへ、六はしのびよった。ひらひらする布のはしをつまんでのぞいてみた。うす暗くてなにも見えない。ほこりくさいにおいがするだけで、人のけはいはない。六は、少しずつ戸をずらした。丸顔で、ぼうしのサイズも大きいじぶんの頭がはいるくらいまで、幅を広げる。ようやく目がなれて、細長い店の壁が、全部本で埋まっているのが見えてきた。入口のすぐ前の台にも、本や雑誌が積んである。新しいものではない。ただの物置かもしれない。

「だれだ。きょうは休みだぞう。」

のんびりした声とは逆に、すばやく一気に奥の板戸が開かれた。あの男が、背中をまるめて、こっちをうかがっている。

「こ、これ。」

六は、カーテンのすそをまくりあげて、とうふを持った手をつきだした。

3 準備(じゅんび)はひとりでするしかない

「とうふを売って歩くって？　そういう話はきいたことあるけどねえ。」

おばさんは、夕食が終わったあとのテーブルの上で、そろばんをはじきながら、いった。

「そんなことをやっても、たいして売れやしないよ。」

「でも、やってみなくちゃ……。」

「わからないっていいたいんだろう。ところが、おばさんにはわかるのさ。いまはね、とうふの作り方もどんどんかわってきて、人間が手でやっていたことを機械がするようになった。一時間に千丁もとうふを仕上げてしまう機械がある時代だよ。そんなときに、むかしみたいに、かついで売って歩くっていうのかい。」

「むかしのことは知らないけど、おれ、売れると思うんだ。社宅なんかで。」

「さあね。社宅には生協(せいきょう)が安いとうふを入れてるからねえ。」

おばさんのそろばんは、少しも休まずに音をたて続けている。六は、少しひるんだ。

「でも……。買ってくれるっていう人がいたら、やってもいいだろ、おばさん。」

「そんな人いるのかい。」

「うん。とうふなら、毎日食ってもいいって。」

六は、あの古本屋、いや貸本屋だろうか、あのおじさんがとうふを受けとるときに、そういったのを、しっかりおぼえてきたのだ。

「そんなら、その人にだけとどけてやればいいじゃないか。」

「うん……。」

あのおじさんだって、とうふはすきだから毎日食ってもいいなあとはいったが、買ってもいいといったわけではない。六が、勝手に売りに行くつもりになり、とくい客のひとりにきめただけなのである。

「六、おまえはやっぱり、わたしの孫だ。」

おばばが、となりの台所から茶の間へはいってきた。前かけで手をふきながら、六の前にすわる。

「うちの六代目だよ。」

「六代目？」

「そうさ。北海道の大豆でとうふを作ろうっていうんで渡ってきた、おばばのとうさんが内藤豆腐店の三代目だからね。ムコにきたつれあいが四代目、このおばさんたちが五代目。」

「おれ、それで、六って。」

「名前はね、あととりのつもりでつけたわけじゃないけれどさ。おまえのとうさんは長男のくせに家をつがなかったもんね。でも孫のおまえが、とうふ売りをやるなんていいだすんだから。」

「そんなこと、知らなかった……。」

「いいんだよ。ただ、とうふを売るよりは作るほうを手伝ってほしいね。おばばなんか、おまえくらいのときから、石うすで豆をひいて、ニガリのかげんを習ったもんだ。」

「いまから、六に、作るのをやってもらわなくてもいいわ。ね、あんた。」

おばさんが、さっきからテレビのナイターを見ているおじさんを話に引き入れた。

「そうだなあ。作るのも売るのも、まだいいんじゃないか。それより、勉強でもしろよ。」

男どうしで、おじさんがなにかいってくれるかとたのみにしていたが、これではどうにもならない。おじさんは、この家のムコになっておばさんと結婚するとき、「おれはサラリーマンがいちばん気楽ですきなんだから、工場は続けさせてくれ」といったそうだが、サラリーマンっていうのは、こういう人のことなのか。

おばばとおばさんは、また、勝手な話をはじめる。六は、茶の間を出た。

「おい、六。」

おじさんが、ろうかまで追ってきた。

「ミラーのことは、もう、いいんだ。きょう、会社で友だちに古いのを一個もらってつけかえといた。けさのことは、みんなにだまっといてやるよ。」

「でも、おれ、ちゃんと、弁償する。」

「いいって。そう、気にするな。」

うす暗いろうかで、おじさんは歯を見せてわらった。

階下で時計が十時を打った。朝の早いおばさんたちは、もう床についてしまったらしい。ひっそりした家の中で、遠い、その音を聞いていると、茶の間の柱時計は、どこかほかの世界の住人のためにだけ鳴っているような気がしてくる。

暗がりでからだをねじり、机の上のスタンドをつけた。あかりを待っていたのか、すぐに大きなガがとんできた。そばにあった紙をまるめて、追いはらう。手の中の紙を見ておどろいた。六が乱暴ににぎりしめてしまったのは、封をしたままのにいちゃんからの手紙だ。きっと、昼間、おばさんがここへ持ってきておいてくれたのだろう。てんとう虫をつかまえてならべたような、この字。茂尻、七月二十三日という消印もある。六は、ふとんの上にうつぶせになって、虫の行列に目を近づけた。

　五月に手紙をもらったきりだけど、元気かい。ぼくは、かわりなしだ。とうさんも最近はからだの調子がいいそうだし、かあさんも、観光シーズンで旅館はすごくいそがしいといってきたよ。この手紙がつくころは、ぼくもおまえも夏休みになっているだろう。夏休みは、どうする？　ぼくは、寮に残ることにした。かあさんのとこに行ったって、住みこみの部屋はせまいっていうから、じゃまになると思うんだ。

　茂尻の町は、閉山になってからまだ半年にもならないのに、すっかりさびしくなってしまった。ぼくたち、家族に置き去りにされた（ちょっといい方が悪いな。ぼくはじぶんで居残ったんだった）高校生のなかでも、ほかの町へ行ったら転入がむずかしいのがわかっているのに、追っかけて行ったやつが、三人もいる。夏休みが終わったら、また、減るだろう。おかげで、寮の部屋は、だんだん、ゆるゆるになって、いまは八畳にふたり。夏休みは、ぼくひとりだけ。あの、おんぼろ病院をそのまんま寮にしたんだから、住みごこちはあんまりよくない。だけど、ぼくの部屋は、この前にも書いたけど、もと院長のいたところなんだ。でっかい本だながあって、ひげの院長が残していった本が少しある。いま、朝と夕方の新聞配達をやってるだけだから、かたっぱしから読んでやるんだ。

小さいときから、六とちがって本がすきだったにいちゃんが、めがねの顔をかたむけて、ほこりっぽい八畳間で本を読んでいる姿が思いうかぶ。にいちゃんも六も、閉山で家族がばらばらになったおかげで、じぶんの部屋なんてものを持つようになっている。炭住の四畳半で、いっしょのふとんにねて、毎晩おしあい、けとばしあいしていたことを考えると、うそみたいだ。にいちゃんは、妹のきみ子をつれて温泉町の親類の旅館の手伝いになったかあさんと六とのあいだにいて、せっせと手紙を書くのを楽しんでさえいるようだ。それで、六は、二年前のヤマのガス爆発事故以来ずっとぐあいの悪いからだを、かあさんのいる町の病院でなおしているとうさんのようすまで、だまっていてもわかってしまう。

読むのはもちろん、書くのも大すきなにいちゃんの手紙は、まだ続く。


ゆうべ読んだのは、「ロビンソン漂流記」だ。ロビンソン・クルーソーというイギリス人の男が、無人島に流れついて、たったひとりで生きていく話。この男は、じぶんで家を建てたり、ヤギを飼って肉を食べたり、その皮で服やくつを作ったりする。米や麦も育てて、次の年に種にする分を、ちゃんとしまっておくんだ。なんでも、くふうして作りだして、イギリスにいたときと同じ生活を手にいれてしまうところが、おもしろかった。ぼくは、もし、そういう島に行ったら、人間の知恵をしぼって、いまあるようなものをみんな作りだしてやるんだ。

でも、無人島にひとりで住むのは、すごくさびしいだろうな。転校したときの気持に似ているかもしれない。おまえは、こんどはじめて転校して、どう思った？　無人島に流れついたような気持にならなかったかい。

こんど、手紙をくれるときは、もっと、くわしく蘭内のことを教えてくれ。ぼくは、ここの高校から、そっちの工大にはいろうかと、思ったりするんだ。とうさんみたいになりたくないから。炭坑夫なんて、とうさんのいうように「運が悪かった」だけじゃない。いまの世の中でちゃんと生きていく技術を持っていないんだ。だから、ぼくは、どうしても学校を出て、進んだ技術者になりたい。いまのとこは、この目的にむかって、勉強するさ。六も、しっかりやれよ。

六は、手紙から顔をあげて、なにかを思い出そうとした。そうだ、成績表だ。きょうは、一学期の成績表をもらったのだった。夏休み帳にはさんで放りだしてあったそれを、ふとんの上でひろげてみる。国語と英語に4が一つずつ。ガヤの社会は2だ。2と3がやたらに多いこの成績表を見たら、高校にトップではいったにいちゃんはなんていうだろうか。おじさんやおばさんなら、どういうか。この家では、だれも成績表を見せろとはいわなかったけれど、こいつはどこか安全な場所にしまっておくにかぎる。六は、本箱に使っているミカン箱を持ちあげて、その下にすべりこませた。にいちゃんの手紙は箱の奥におしこんだ。

「勉強かあ。無人島にいったら勉強なんかしないで、一日じゅう、釣りやるんだ。」

いきおいよくふとんの上にひっくり返ってみたが、まるでスルメにでもなったような気分だ。にいちゃんじゃないけど、ここは無人島だ。つぶった目の裏に、石炭の粉がしみこんだとうさんの顔が灯る。一度、蘭内にあいさつに行くよといって、まだこないかあさんの顔も。汽車賃をためて、こっちからあいに行くのもいいな。おじさんが、ミラーはいらないというんだから、あの金で行こうか。いや、やっぱり、とうふ売りでかせがなきゃ。無人島は無人島でも、ここではお金がいる。

次の日の昼、六は物置小屋の中にいた。重心をかけそこなうと、ぐらぐらとしてころげそうになるつけもの石に乗って、たなの上をさぐる。とってのとれたふかしがま、ふたのないヤカン、つぶれた竹かご、一つ動かすたびに、ちりが舞う。ひたいや首を伝って流れる汗が、積もったほこりの上に落ちて点になる。とうふを売り歩くのに使えそうなものはないか。水のもらない、安定のいい、いれものを見つけたい。

すみの暗がりをすかして見る。高く積みあげたがらくたの上のほうにあるのは、仕事場で大豆を水につけておくときに使っている石油カンだ。そういえば、とうふを仕入れにくる店の人が、自転車にくくりつけているのも、あのカンである。これは使える。六は、つけもの樽の縁に片足をのせ、ストーブの上にもう一方の足をかけて、石油カンに手をのばした。

「いつまで、そこにいるのさ。空気入れは壁に寄せかけてあるはずだよ。入口のそばの。」

物置とむかいあっている台所の窓から、おばさんが声をかけてきた。

「それが、さあ。」

六は、はじめにたしかめておいた空気入れを横目で見る。

「ないのかい。」

「いや、あった。これだっ。」

三つ重なっているうちで、いちばん新しいカンを選ぶ。それを入口まで運んでおき、空気入れをつかんで小屋を出た。

裏庭に、おじさんの自転車がおいてある。六は、口笛を吹きながら、タイヤに空気を送りこむ。自転車の持ち主は、もう会社に出かけてしまったと思うと、いっそう気が軽い。

「あの人らしくもないよねえ。出るときになってから空気がぬけてるのに気がつくなんて。だけど、近ごろは、専用バスが構内までずっとまわるようになったとかいってたね。自転車で行くより、バスのほうが楽なんじゃないかねえ。」

おばばが裏口にあらわれて、のんびりという。

「へえー。そしたら、おじさん、自転車で通うの、やめるかな。」

「バスに乗りかえたら、それをゆずってもらおうっていうんだろ。どうかね。そうは問屋がおろさない、さ。」

「問屋っていえば。」

うしろのタイヤをいっぱいにして、六は、肩の力をぬいた。

「うちじゃ、とうふをおろすとき、いくらにしてるの。」

「小売値の二割引きっていうところだね。二十丁以上、まとめてもらって。」

「一度に二十丁？」

「うちのおとくいさんは、古いつきあいだから、わたしゃ、あんまりこまかいことはいわない。たりなくなったら、五丁でも十丁でもとりにきてるさ。」

「あまったのは返せないよね。」

「それは、むりだ。動かしてるうちにくずれてくるし、とうふは毎日の商いだもの。」

「そうかあ。」

六は、思わず、うなった。店からとうふをおろしてもらって売るのも、なかなかきびしいようだ。

「おまえ、やる気なんだね。やっぱり。」

「うん、まあね。」

ふくらんだ前輪を、てのひらでたたいた。その手をおばばのほうにさしだして、いった。

「きょうは、一丁、おねがいします。おろし値段でなくていいですから。そのかわり、自転車はちょっと拝借。」

「そんなことだろうと思ったよ。空気を入れてやるなんていいだしたときから。」

おばばは、しわに埋まった小さい目をまるくしてにらむ。それから、樽みたいなからだを店のほうへむけた。きょうは、どういうわけか、この夏作った青地に白い水玉が散っている長いスカートなんかをはいて、しゃれている。まもなく、片手にとうふ、片手に麦わらぼうしを持ってもどってきた。

「これ、かぶっていけや。」

わたされたぼうしは、だいぶくたびれたものだ。店においてあったのか、麦わらは、まるで油揚げの色になり、おからまでくっついている。せっかくだから、おからをはらって頭にのせた。

「お金は、あとで。」

とうふを持った手を、高くあげた。

「ほりゃ、ほりゃ、ふざけんじゃないよ。片手なんかで……。」

「あぶないねえ。」

おばばがつぎにいうことばを引きとって、六は地面をけった。両手だってあぶないときにはあぶないんだ。おばばが、きのうの事故を見たら、血圧がどうかしちゃっただろう。あがったとかさがったとか、いつも大騒ぎをしている血圧が。ひやっとしてぶったおれるとき、血圧はあがるのか、さがるのか……。

社宅の入口の二軒の店が見えてきた。自転車だと、家から五分もかからないで、こられる。あけ放した戸のそばの柱に「つる文庫」と書いた木の札がかかっている。営業中ということらしい。

「こんにちは。」

とうふを前につきだして、店へはいる。きょうのとうふは、しずくなんかたれていない。青い箱型を上と下からかぶせて、その外をポリ袋でおおってある。

「借りるの?」

奥のいすにかけていた男の子が、なれた調子でいう。

「おじさんは？」

「いないよ。いま、出てったとこ。」

「きみ、ここんちの子か。」

「ちがう。近所だから、ときどき店番するんだ。」

こいつ、まだ小学校の三年か四年ってとこだな。六は、もうひとつあった丸いすに腰をおろして、男の子とむかいあった。

「おれ、本借りにきたんじゃないよ。おじさんにとうふ持ってきたんだ。……すぐ帰ってくるかい。」

「知らないけど、ちょっと帰ってこないと思うよ。」

「どうして。」

男の子は、奥の部屋とのさかいにかかっている花模様のカーテンを、あごでさした。まるい目を見開き、六によってきて、小さい声になる。

「ここんちのおばさん、すごいんだ。出ていってって、どなったの。そしたら、おじさん、店番してってくれっていって、ぼくの返事もきかないで、出て行っちゃった。」

「……そうか。」

六は、立ちあがった。とうふは、男の子のそばにある小さい机の上にのせた。

「これ、おいてくから、おじさんに、そういってくれよな。」

「名前、なんていうの。」

「内藤、内藤六っていうんだ。」

「そういえば、わかる?」

「わかると思う。じゃあな。」

六は、かんかん照りの外へ出た。自転車にまたがる。やけた車体のパイプが、内ももにふれて、熱い。六は、白くかわいた道をはしからはしまで見わたした。おじさんは、どこへ行っちまったんだ。とうふ売りをはじめるんだと、いいたかったのに。

いま、六がきた道のほうから、買い物帰りらしい女の人が、小さい子の手を引いてやってきた。片手にさげた買い物かごの底から、しずくがたれている。六は、ビニール編みのまるいかごの中をぬすみ見た。食パンの包みとネギが一束、新聞紙でくるんだものが二つ、どちらかが、とうふなのではないだろうか。

六は、親子づれのうしろから、自転車をゆっくり走らせた。あんなふうにして買い物に行く人の中で、何人かは、しずくのたれるとうふをかごに入れて帰ってくるのだ。かりに十人のうちのひとりが、とうふを買ってくるとして、アパート一棟で……。六は鉄筋五階建ての社宅の窓を目で数えた。二十軒だからふたり。もしかしたら、その倍くらいになるかもしれない。いや、待て待て、一棟で三丁としておこう。それで、アパートはいくつあるのだ。貸本屋の裏手の丘には、ざっと十棟、三十丁。そして、いま、六が立っている平地の一帯は、白やうす緑色の建物が列を作っている。

六は、社宅の中を走りだした。三十六丁、四十二丁、……六十丁。四角いアパートの建物が、とうふに見えてくる。すごいな。大製鉄会社が自慢している社宅の数は、ほんとにすごい。

夢中で、社宅街をぬけた。くちびるのまわりに、わらいがのぼってくる。物置小屋で見つけた石油カンいっぱいのとうふを、売りつくした気分って、どんなだろう。わざわざ、駅前の小さい広場を一まわりして、帰りのコースにはいる。

「内藤。おい、内藤っ。」

ききおぼえのある声がした。人のたくさんいる駅のほうから、名前を続けざまによんで追ってくる。かけよってきた相手を見て、六はびっくりした。ガヤだった。暑いのに背広を着て、新しいネクタイまでしめている。

「たのみたいことがあるんだ。いそいでるのか?」

重そうなカバンを胸にかかえあげ、中をさぐりながら、ガヤがいう。

「いいえ。だいじょうぶです。」

「これを、ポストに入れてほしいんだ。」

ガヤは、少し厚みのあるふうとうをとり出した。

「切手を買おうと思ったら、駅の売店じゃつりがないっていわれてね。でも、ここで出しておきたいんだ。きみ、切手代たてかえといてくれるか。」

「ええ。十五円でいいのかな。」

六は、ポケットに手を入れる。

「先生、こんどの汽車に乗るんですか。」

「会議でね。サッポロに行くんだ。」

ガヤは、六がズボンのあちこちをさがしているのを熱心に見守る。その目の前に、やっとつまみだした銅貨を見て、六は赤くなった。五十円玉だったはずのが、いつのまにか十円玉にかわっていた。

「それしかないのか。困ったな。じゃ、その自転車で一走りしてとどけてくれるか。そうだ、そのほうがいい。」

「どこなんですか、とどけるとこ。」

「ミサキだがね。内藤は行ったことがないかな。いま、地図をかく。」

ガヤは、照り返しのはげしい舗道にしゃがみ、カバンを台にして、ボールペンを動かす。

「ここだ。違星の家。ミキがいなかったら、奥の部屋におじいさんがねてるからね。声をかけて、おいてこい。」

「ミキって人に　わたすものなんですね。」

「そうか、きみは、ミキを知らないんだっけ。あの子、二年になってから一度も出てこなかったからな。同じ組の子だよ。先生は会議から帰ったらたずねると、いっといてくれ。」

「はい。」

「たのんだぞ。」

ガヤは、六と同時に　手の甲でひたいの汗をぬぐった。

六は、地図のとおりに走り続けた。国道36号線に出て、37号線との交差点で左へ折れる。

静かな道にはいった……この道は　そうだ、きのうの朝、六は反対側から走ってきて、右へ曲がったのだ。

アスファルトの道が尽きた。午後の陽ざしが、さえぎるもののない草地でとびはね、照り返って、めまいをおこしそうだ。頭の中は、ガヤが地図に記している「ミサキ」のことでふくれあがる。この道は、そこへ通じているのだ。あのバイクの若い男のことで、なにかかぎつけられそうではないか。

きのうはタイヤのあとにだまされてついていった分かれ道を右に見て、六ははじめての道を選んだ。

車が重くなる砂まじりの道は同じだが、こっちのほうは長いことかかって人がふみかためたのか、ずっと走りやすい。目が、車の通ったあとをたどりはじめる。あの追跡の続きにいるような気がしてくる。

海に近づくにつれて、左手に低くはっていた丘が、道のそばへ張り出してきた。ふもとにある漁師小屋と浜に引きあげた小舟のあいだに、水面がのぞいた。砂浜に敷きつめたムシロの上には、コンブが黒い帯になってならんでいる。磯のにおいが、鼻からのどへ流れこみ、肺を満たしていく。

ガヤの地図では、この小屋のそばを通りぬけて、まだ先へ行かなければならない。道は、低い丘が一度そぎおとされて、その根もとから海へむかってつきだした半島へとのびる。この半島は、学校の裏山からも、きのうの朝、あのおじさんとあったゴルフ場近くの丘からも、ながめられた。遠くからだと、大きなクジラが頭を沖にむけて浮かんでいるように見えた。

ミサキの家々は、半島の崖を背に、打ちよせる波を前にして、一軒ずつ島の先へつながっている。違星ミキの家は、そのいちばん奥、クジラの口もとのあたりにあるらしい。

六は、自転車を引いて、最初の家の前にさしかかった。家の横手にひろげたゴザの上の小魚の乾くにおいが、濃い潮の香りといりまじって、鼻の奥につんとくる。トタン板のはずれたところを石や棒きれでおさえた屋根、潮風にいためつけられてささくれだった板壁、どの家も同じように小さくて低い。窓や戸口をあけ放した中は、暗くひっそりしている。家のまわりには、自転車さえ見つからない。あるのはせいぜい、赤さびたリヤカーくらいのものだ。こんなところに、バイクを乗りまわす青年はいそうもない。

六が歩いて行く先で、道にむかって開いていた窓のガラス戸が、中から音もなくしまった。暗い部屋の中から、じっと、こっちをうかがっている目がある。納屋の外にコンブを積みあげた家では、それまできこえていた機械をまわすような音が、ぱったりやんだ。台所の外に出ていた年よりの女が、ザルから目をあげて、とがめるように六を見る。強い光の中を歩いているのに、六は、陽がかげったときの寒さを感じた。

二十軒ばかりの家を過ぎて、最後に「違星金次郎」という表札を見つけた。この家の中も、やっぱり静かだ。入口の戸は、ななめになった柱のせいで、きちんとしまっていない。六は、そのすきまに声をかけた。奥でかすかに咳がした。ミキという女の子は、るすらしい。ガヤがいったように、手紙をおいて帰ろうか。

うしろで、人のけはいがした。影が、地面にのびて、とまった。六は、ふりむいた。長い髪の毛のあいだからのぞいている大きな黒い目とぶつかった。その目が、たじろいだ。女の子の腕から、するっと、なにかがぬけ落ちた。地面にまっ黒い子ネコが立つ。ネコは甘えた声をたてて歩きまわる。

「クロ。」

女の子がよんだ。ネコは、女の子のすあしに頭をすりつけ、ゴムぞうりのかかとを嗅ぐ。だが、女の子が手をのばして抱きあげようとすると、横とびにとんで、道のほうへかけだした。

「クロ、おいでっ。」

ネコをよびもどそうとしている女の子を、六は、じっと見た。あったことがある。たしかに見た顔である。それも、つい最近。きのうだ、きのう、市場で、ウニを売っていた、あの子だ。

「クロ、クロ。」

六は、ネコのほうに声をなげた。女の子がふりむいたが、かまわないでよび続ける。

「こらっ、クロ。」

ネコは、六が道にとめておいた自転車のそばにいる。つやつやした毛をタイヤにこすりつけて、遊びはじめた。

「なんか、うちに用?」

女の子が、いった。きげんが悪い。

「これ、あずかってきたんだ。ガヤ、じゃなくて熊谷先生から。きみ、違星ってんだろ。」

六は、腰のポケットから頭を出していたふうとうを引きぬいた。ミキは、だまって受けとる。裏をひっくり返してみて、二つに折り、三つ、四つと小さくたたんでしまう。

「そんなことして、いいのか。」

六は、のぞきこむようにして口を出した。

「どうして。」

「だって、それ、成績表じゃないか。」

「中、見たの。」

「まさかあ。」

六は、あわてた。ガヤからふうとうを受けとったときの手ざわりで、感じただけだ。ミキの目は、疑わしそうに光る。手の中で、手紙をますます小さくにぎりしめ、エプロンのポケットにおしこめた。

ミキは、六の横をとぶようにぬけて、裏口に走っていった。戸をしめる前に、底光りのする目で、もういちど六をつきさした。

足もとで、子ネコがじゃれる。

六は、ネコを足で乱暴にわきへよけた。こんなところまでとどけにきてやったのに、なんだ、あいつ。砂をけちらして、自転車のむきをかえる。海からの風が、麦わらぼうしを持ちあげた。ぼうしをおさえ、ハンドルを砂にとられまいとして、よろよろする。さっきは見かけなかった小さい子どもたちが四、五人、六が通りすぎるのをだまって見送っている。

やっと、半島のつけ根のところまでもどった。浜辺におりて、大きな息を一つ、ついた。砂浜一面に干してあったコンブは、だれがどこへ持っていったのか、すっかり姿を消している。太陽が、右手の海のはしに大きく見えた。赤い光が、あたりのものすべてを染める。半島は、とてつもなくまっかなクジラだ。六が通ってきた道は、巨体のまん中あたりでゆるやかに曲がり、波が道の片側へ、さっきよりもたっぷりとおしよせている。しぶきが光ってくだけたところに、人の影が浮かびあがった。曲り角のむこうから歩いてくるところである。

そっくりだ。なにもかも、そっくりだ。あのおじさんの姿、歩きかた、そして、いつでもふいに出てくるあらわれかたまで。

六は、ぼうしをかざして、まぶしい夕陽の中の男を、もっとよくたしかめようとした。だが、男は消えた。ミサキの家の一軒に、背を曲げてはいっていったように見えた。

六は、砂浜に立ったままでいた。男がもういちど姿をあらわさないか。夕陽の輝きが少しずつ失われていき、それといっしょに期待がしぼんでしまうまで、待った。

4　とうふ売りがはじまった

白と空色のこまかいタイルをはった水そうの底に、とうふがいくつも沈(しず)んでいた。六は、小さな浴(よく)そうくらいはある水そうのふちを左手でつかみ、右手は腕(うで)まで水につけた。五本の指をそろえて、とうふの下へさしいれる。おばばやおばさんは、いつもそうしてとうふをすくいあげる。

だが、とうふは、一度おさまったてのひらから、するりとぬけだし、厚(あつ)い切り口を見せて水の中をにげた。内藤豆腐店(ないとうとうふてん)じまんの、きめのこまかいとうふのはだが、指先をすべる。

「だめだねえ。もっと上へ泳がせて。」

おばさんが、いつのまにか、うしろにきていた。

「そう、そう、顔を出したとこを引きあげる。」

「こうっと。金魚すくいみたいにやればいいんだ。」

六は、水をはった石油カンの中へ、やっととらえた獲物を放した。

「ひとっつ。」「ふたっつ。」六が数えるのに続けて、おばさんもすくいとったとうふを入れる。

「三、四。」

「五。」

「六、七。」

おばさんは、片手で一度に二丁ずつ移す。カンに半分ほどつまったところで、手を休めて、いった。

「このくらいにしときなさい。」

「どうしてさ。まだ二十だ。」

「くずして、帰ってくるだけだから。」

「そんなことないって。売れるはずなんだ、もっと……。」

「もっと出るときは、また持っていけばいいじゃないか。」

おばさんは、さっさと、水そうの上にすきとおったビニールのおおいをかけた。きょうは、午後から風向きがかわって、この家の上空へ流れてきた煙が、赤い砂を降らしている。

「自信あるんだけどなあ。ぜったい。」

「いいから、きょうだけやっといで。そうすりゃ、売れるか売れないか、おまえにもようくわかるだろ。」

六は、だまった。これ以上、とうふの数のことで、ぶつぶついうのはやめよう。きのうから、おばばが「やらせてみようや」とはたらきかけてくれたのに、いい返事をしなかったおばさんが、とうふをいっしょに数えてくれたのだ。おばさんの風向きは、こっちのほうに吹きだしたところだ。

「東町の社宅に行ったら、少しはていねいにしゃべったほうがいいよ。あそこにはいってるのは、職員の人たちだから。」

「ていねいに?」

「商人はね。頭を低くして、相手に合わせて商売しなくちゃだめさ。っていっても、それがなかなかできないんだ。おばさんにだって。」

いいながら、おばさんはからだをねじり、足の裏を返してながめた。

「いやだねえ。さっきふいたばっかりなのに、もうこんなによごれてる。きょうは、ひどいね。」

「そうだ。これにもなにかかけないと。」

六は、とうふを裏口へ運んでおいてから、おばさんを追って奥へ行った。ビニールのふろしきを一枚借りてきて、石油カンの上にかぶせる。少しさびの浮いているカンの胴体には、用意してあった紙をまきつけた。午前中かかって、赤と黒のマジックインキで書いたマンガ入りの宣伝文句だ。ポケットには、おつりの用意もできている。あとは、おじさんが工場から帰ってくるのを待って、自転車を借りるだけ。午後三時、けさ約束したとおりならば、おじさんは、まっすぐ家にむかっているはずだ。

おばばにおしつけられたのだが、きのうから六のものになってしまった麦わらぼうをかぶる。ぼうしには広いつばのつけ根に「内藤のとうふ」と記した太い赤のリボンをまきつけてある。あごへかかる長いひももつけた。こうしておけば、じゃまなときはいつでも背中へぼうしをずり落とせるし、浜の強い風にあたってもさらわれる心配はない。

ブレーキの音を合図に、おじさんが裏口へすべりこんできた。

「そこで、待ちかまえてたな。」

「お帰りっ。早かったね。」

六は、かけよってハンドルを受けとめた。

「いそいできた?」

「いや、それほどでもない。終わったら、自転車のほこりぐらいふいとけよ。」

「わかった。」

六が持ちあげたカンに目を近づけて、おじさんは読んだ。

「『こんばんのおかずは、これにきめた』『おいしいとうふ、一つ三十円』か。まあ、売れるだけ売ってくるんだな。」

荷台にカンをくくりつけ、最後に、おばばからもらった赤い布を竹の棒の先にはさんで作った三角の小旗をたてた。さあ、静かなうちに出発だ。近所へ行くといって出かけたおばばは、まだ帰ってきそうもない。

六は、ゆうべ、ふとんの中で考えたコースを走りだした。まず、ここの商店街を通って国道へ出る。そこで東町のほうにむかい、きのうとは逆の道から社宅街へはいっていく。ぐるっとまわって終りに貸本屋のある西町側へぬけてくるのだ。

なにしろ、町の人たちはとうふ売りというものを知らない。とうふ売りの声をきいたこともない。六のよび声が、彼らにとってははじめてのとうふ売りの声になるのだ。「とーふうー」とやるか、「とうふ、とうふ」とやるか。やおやのようにいそがしくさけぶか、金魚売りのようにゆっくり流すか。

「とうーふ。」

そっと、一声やってみる。バスやトラックが地響きをたてて走っている国道沿いでは、こんな小さい声は、たちまち消されてしまう。しばらく行って、国道をそれてから、もう一度さけんだ。こんどは少し大きく、いせいよく。

「とおーふーっ。」

前を歩いていた人たちの頭が、いっせいに、こっちをむいた。びっくりした顔。何事か早くわけを知りたがっている顔。うるさがっている顔。どれも、どれも知らない顔。

六は、つばをのみこんだ。胸をそらせて、声を出そうとする。たったいま、さけんだことばをくり返すだけでいいのだ。だが、「とうふ」の「と」は、はずかしがって、のどの奥から出ようとしない。

目の前のいくつかの顔は、口もとをゆがめてわらいをこらえている。ぼうしや荷台のカンにそそがれた目はおどろきあきれている。教室で名指されて、答えが出てこないときが、こんなふうだ。背すじを熱いものがかけのぼり、わきの下がつめたくなった。

六は、最初の一声にせっかく注目してくれた人たちの鼻先を、大いそぎでかけぬけた。

「なに、あれ。とうふの宣伝？」

「おかしな子だわね。」

うしろへ、声が流れていった。

ペダルをふむ足が、だんだん早くなる。車道と歩道の区別がないせまい道で、前からきた人をかわすのに、右に左にハンドルを切る。そのたびに荷台の石油カンがゆれ、中の水が騒ぐ。そんなにいそいで、どうするんだ。とうふを売るのか売らないのか、このまま町をまわってにげ帰ってしまう気か。

遊んでいる子どもたちが、立ち話をしている女たちが、洗いおけをかかえてふろへ行くのか道を横切ろうとして立ちすくむ老人が、ものめずらしそうに見送っている。「とうふ」と黒く書いた三角の旗は風に鳴り、カンからあふれた水がかわいた道に点々としみこんで、あとを追ってくるようだ。

こんなはずじゃなかった。どうしたっていうんだ。「とうふ売り」は、もっと高らかに声をはりあげるんだ。そして、町の人たちは、さいふをにぎってかけよってくるはずだった。

ひたいにふきだした汗が、目じりや鼻のわきへすじになって流れてくる。六は、ぼうしをうしろへはねのけた。道を行く人が、さっきよりもまばらになって、むこうに淡い水色の建物が見えてきた。社宅アパートだ。六は、ともかく予定のコースを走っているのだった。

社宅街にはいったところで、六は自転車をとめて、ずれた荷のひもをしめなおした。車が行き交う町のざわめきが遠くなったかわりに、にぎやかな子どもの声がきこえてきた。近くの広場で、社宅の子どもたちが遊んでいる。ブランコやすべり台には小さな子がむらがり、すみに作ってある野球用のグラウンドでは、小学生らしいチームが試合中だ。おそろいのユニホームを着ているところをみると、正式な試合なのかもしれない。炭鉱町の子どもたちが、車の通る道のわきで電柱に底のぬけたかごをつるして、バスケットをやったりするのとは、だいぶちがう。

六は、広場の両側にならぶアパートに目をうつした。きのう、とうふに見たてた箱型の建物は、右手の小高い丘の上までつらなっている。全部で三十か四十もあるだろう。胸に、とうふ売りの計算がよみがえった。そうだった。この社宅街こそ六のめざす場所、とうふを売りまくる場所だった。

よし、こんどは買い手を見つけるぞ。丘の上のほうのアパートから、一軒一軒、攻撃するのだ。「とうーふ」なんてさけぶのは、もうやめだ。ここでは、いくらさけんでも厚(あつ)い壁(かべ)がじゃまをする。六は、自転車を坂道へ進めながら、じぶんにいいきかせた。このりくつで、六は少しほっとした。のどにひっかかってしまった、あの「とうーふ」を、もういちど引きださなくてもいいのだから。

白い洋服にゲタをはいた女の人が、前を歩いている。背中(せなか)が、おばばにそっくりだ。まるくて、たっぷり肉がついていて、もみがいのある背中である。重そうな買い物かごを引きずるようにして運んでいく。追いこして先へ出た。

「持ってってあげようか、そのかご。」

「あら、いえ、だいじょうぶですよ。」

「いいよ、どっかにのせれば。」

すばやく自転車をおりて、バックした。かごを受けとってみると、積むところがない。六は、ちょっと考えて、前輪の上に出ているカバーにのせ、ハンドルに竹かごのえを通して安定させた。

「助かりますよ。うちはあそこなんだけど、ほんとにいいんですか。」

うれしそうに目を細くしたおばあさんは、からになった手で、丘のいちばん上の建物を指さした。

「ぼ、ぼくも、あそこまで行くとこです。」

六は、おばあさんに歩調をあわせて自転車をおした。登るにつれて、坂は急になる。

「すいませんねえ。なにかたいそうな荷物を積んでなさるのに。」

「これ、とうふなんです。うちで作ったとうふ。」

耳に手をやっている相手に、「とうふ」をくり返す。

「売りにきたんです。」

「売りにですか。アルバイトだね。」

おばあさんは、ひとりでうなずいている。アパートの前についても、まだ首をふりふり、家にはいっていく。六は、かごをおろしてドアの前へ持っていった。

「じゃあ、これに一つくださいよ。」

片手(かたて)にどんぶりを持って、おばあさんが出てきた。どんぶりを六の胸(むね)におしつける。かたい瀬戸物(せともの)のふちが、胸板(むないた)をこつんとノックした。「そ、そんなつもりじゃ」といいかけたが、顔じゅうにわらいがひろがってしまった。

「じゃ、とってくる。」

コンクリートのろうかを、どんぶりをかかえて走った。一番めのお客だ。売れた、売れた、一丁売れた。

アパートの中をおどりまわりたいような気分にとりつかれて、六は、つぎに、おばあさんの家のむかいのドアをたたいた。そこがるすらしいとわかると、二階へ、三階へ、階段をかけあがった。

「だあれ?」

「とうふ屋ですけど、とうふは……。」

「いらないわよっ。」

うまくネットをこえたと思ったボールが、あっさりたたき返されたみたいだ。いちばん上の階の家には、「子どもが寝ていますので、静かに」と書いた札がかけてあった。これは、はじめからなにもかもお断りといわれているようなので、声をかけるのはやめた。

となりの棟でも、坂を一段さがったアパートでも、中からドアがあけられたのは、数えるほどだった。それも、だまって頭を横にふられたり、「いらない」の一言でドアは電気じかけのように閉じてしまったりする。

陽がかげって、あたりがうす暗くなってきた。夏の日は、まだ暮れる時刻ではない。六は、丘の上から四段めのアパートのそばに自転車をとめて、空を見あげた。雨雲がひろがりはじめている。夕立がこないうちに、一つでも多くとうふを売ってしまわなくては。いそいでアパートにとびこもうとしたときだ。「あれっ」と、かすかな悲鳴がして、上からなにかが落ちてきた。まっ白い翼をひろげて風にのったシーツだ。六は、両手をふりあげてかけより、抱きとめた。

「すみませえん。」

三階のベランダで、若い奥さんが、からだを乗りだしている。

「いま、おりていくわ。」

「持ってってあげますよ。」

「いいわよ。」

「いいんです。」

奥さんがおりてこないうちに、あがっていくのだ。こっちから運びあげてしまうことだ。ドアの前まで、早く。シーツのはしをひきずらないように、腕の中へまるめこむ。足もとに、まだなにか落ちている。もも色のふんわりしたかたまりだ。そっと拾いあげてみた。うすいナイロンのくつ下が一本。しめた、これもあの家から降ってきたのだ。つま先を指ではさんで持つ。このふわふわしたうすものが、ちょっとひっかけても「伝染病」になるということぐらいは、六でも知っている。階段をあがるときも、ささげ持って目をはなさない。吹きあげてきた風で、下になっている太い部分がふくらむ。くつ下は、ふくらみ続けて一本の足になる。うす暗がりで、おどる。ももからむきだしになった足が。六は、つまんだ指をはなしそうになった。

頭の上で、声がした。おどり場に、さっきの奥さんが立って、手をさしだしている。

「これ。」

六は、まず、くつ下をおしつけた。奥さんは、それを、続いて受けとったシーツの山の上にのばして、おいた。片手で先のほうから小さく折りたたんでいく。

「あなた、どこの家の人だったかしら。」

くつ下は、白い指の先で、たちまちみそせんべいの一きれに似てしまう。

「ね、どこ?　社宅じゃないの。」

「うち?」

六は、はげしくまばたきした。

「うちは、西町のとうふ屋……。」

「おとうふ屋さんなの。あんた。」

きゅうにはねあがった奥さんの声で、六はやっとじぶんにかえった。そうだ、それをいうために、階段をかけあがってきたのだ。せんたく物を拾ってまで。

「いま、下に持ってきてるんだけど、いらないですか、一つ。」

「おとうふ売ってんの、そうお。でも、うち、きょうはよかったわ。」

階段をおりながら、からだがしぼんでいくような気がした。「きょうはよかった」か。「きょうは」買ってほしかったのにな。

六は、まっすぐ外へ出た。自転車を引いて坂の下までおりた。さっきは、買い物かごをさげた女の人ばかりが目立った広い道を、会社帰りの男たちがくたびれた足どりで歩いて行く。主婦たちは、もう、ドアの内側にひっこんで、夕食のしたくをととのえているのだ。

広場のほうから、子どもたちがかたまってやってきた。野球の試合が終わったらしい。まん中にいたひとりが、さけんだ。

「とうふ屋のおにいちゃんだ。」

「よう。勝ったのか。」

貸本屋であった男の子だ。ユニホームの胸を土でまっ黒にしている。

「七対四。準決勝に出られるんだよ、なあ。」

男の子は、七、八人いるまわりの子を見まわしていう。

「こんなとこまで、とうふ売りにくるの。」

「そうなんだ。だれかの家でとうふ買ってくれないかな。きいてみてくれよ。」

半分冗談のつもりでいったのに、子どもたちは、いそいで散っていった。六は、そこで待つことにした。

広場のすみには夕闇がしのびより、一つ、二つとアパートの窓に灯がふえていく。もう夕食がはじまっている家もあるにちがいない。〈オトーフハ　イリマセン〉〈ウチハ　ケッコウ〉〈モウ　オナカイッパイ　マンゾクデス〉明るくまたたく灯が、六にむかって、しゃべりはじめる。

ひたいに雨が一滴落ちてきた。あきらめて、ハンドルに手をかける。

「おにいさあん。」

白い運動ぐつが、とびはねてくる。肩をはげしくあげさげして、あの子が六の前にあらわれる。

「いらないって。ごめんね。」

「いいさ。」

「こんど買うよ、ぜったい。」

絶対か。六は、出がけに、おばさんにむかっていったじぶんのことばを思い出す。売れるんだ、絶対。いいから、きょう一日やっといで。そうすりゃ、おまえにもようくわかるだろ。六は、くちびるをかむ。

「あの、さ。」

「なんだ。」

「ぼく、昼すぎに本返しにいったら、おじさんいたよ。」

男の子は、しめったマッチの火をつけようとしているみたいに、いっしょうけんめい目を輝かす。

「そうか。行ってみるかな。」

「うん。じゃあね、さいならあ。」

「さいなら。」

ベースめざして走るようないきおいで、男の子は帰っていく。あの子の名前をきいとくんだったな。わざわざことわりにくるなんて、かわいいやつだ。

また、ひとつぶ、ひゃっこいしずくが首すじにあたった。こうなったら、きょうの最後の望みをおじさんにつないで、あの店へかけこむしかない。六は、西町の方角に自転車をむけた。

戸はあけ放したままで、貸本屋の店内はうす暗く、ひっそりしていた。ぱらぱらと落ちてきた雨に追われて、六は、自転車をひさしの下まで乗り入れた。

「おばんでえす。」

奥で人の声がしたような気がしたが、だれも出てこない。かわりに、六の頭の上で、螢光灯がまたたいた。やっとついたあかりの中へ、カーテンを持ちあげて顔を見せたのは、小柄な女の人だ。

「おじさん、いますか。」

「いたと思ったんだけど、また、出かけちゃったのかな。……いつもこうなの、あの人は。困るわあ。」

せまい店を見まわして、首をすくめてわらってみせる。この人が、この家のおばさんらしい。白っぽい着物をきちんと着て、ほんのり赤く染めたくちびるをわずかにあけて、わらっている。六も、だまって姿を消したおじさんをわらいたいような気がしてくる。

「おじさんいなくてもいいんだ。ぼく、とうふ売ってんですけど。」

「あら、じゃあ、きのうのおとうふ、あんたなの。おじさん、おいしいって喜んでたわ。

……そう、そう、お代がまだだったのね。」

「お金は、まだ、いいんです。あれは、おばばに借りてあるから……。それより、きょうは、いりませんか。」

「そうねえ。」

長い髪を上へあげてぐるぐるまきつけた頭をかしげる。ハトを思わせる小さいまるい目からわらいが消えていく。店先においた六の自転車をながめているようでもあり、道を通りかかった人影をたしかめているようでもある。おじさんがどこへ行ったのか、気にしているのだろうか。おばさんにたのむより、おじさんが帰るのを待っていればよかった。

「ひとつ、もらいましょうか。」

ひとりごとのように、いった。六の口から、ほおっと息がもれる。

「うちのおじさんときたら、ほんとに、とうふきちがいなんだから……。いれものとってくるわ。」

おばさんの姿はカーテンのむこうに消えて、声が残った。六は、むずがゆいわらいをこらえて、本だなの前を行ったりきたりする。とうふきちがいか。まったくだ。あのおじさん、きょうで三日続けてとうふを食うことになる。

おばさんが、小さななべを持ってもどってきた。六はかけよって、それを受けとる。

「おじさんって、どうして、そんなにとうふがすきなんだろう。」

「どうしてって、あの人は、なにか一つすきになると、もう世の中にはそれしかないって気にでもなるのね。」

六のあとについて店先へ出てきたおばさんは、カンのおおいをはずす六の手もとを見ながら、つぶやいた。

「とうふきちがいに、本きちがい。でも、そのくらいなら、まだいい……。あんなおかしなものいじりまわすようになると、へんな目で見られるし、ほんもののきちがいにされてしまうわ。」

片手(かたて)になべを、片手に水から引きあげたとうふを持ったまま、六は、おばさんの顔を見た。おじさんが、きちがいにされる?

「どうかした?」

六は、あわてて頭を横にふった。ぬれた手をズボンのおしりでぬぐって、とうふのなべをおばさんにわたそうとした。

「あらっ、いらっしゃい。」

ふいに、おばさんがからだをのびあがらせて、六のうしろへ、声をなげた。

「おとうちゃんのシャツを、一枚見せてもらおうかと思って。」

洋品店の前でかさをすぼめたのは、せなかに赤ん坊をくくりつけた若いおかみさんだ。

「どうぞ、どうぞ。……あ、ちょっと待っててね。」

おばさんは、六にいい残して、むこうの店に走っていった。板壁一枚でしきってあるとなりの声は、わき水のようにあとからあとからこぼれてきて、つきない。六は、道より一段高くなっている店のしきいに腰をおろした。

おばさんがつぶやいたことばが、胸にひっかかっている。ほんもののきちがいにされるって、どういうことだろう。あんなおかしなものというのも、わからない。

六の頭の中を、丘の上にあらわれたときのおじさんが横切っていく。それからもうひとり、半島で見かけた男の姿が。あれは、やっぱりおじさんだったのかもしれない。おじさんは、あの一帯で、なにかやっているのではないか。おかしなものというのは、ひょっとすると矢じりだろうか。でも、矢じりを拾うのがきちがいだったら、そのうちに、このおれもきちがいだといわれそうだ。おじさんが秘密にしておくといった場所をつきとめて、どうしても見つけよう。あれを、ポケットに一個しのばせておいたら、お守りみたいで、いいじゃないか。たいくつしたときには、陽にかざしてながめられるし。

雨は、トタン屋根を鳴らして降りだし、軒ばたでできたこまかい霧のつぶが、顔にかかった。溶鉱炉の火をにぶく映している雨雲の下で、西町の灯りが黄色くにじむ。赤や緑のネオンが、低い空に流れだす。

「おい、どうした。そんなとこにすわりこんで。」

頭の上から声が降ってきた。

「おじさん!」

六は、とびつくようにして立ちあがった。

「びっくりさせるなあ。どっからきたのさ。」

「ぼさっとしてたやつには、わからんさ。それ、きょうのとうふか。」

おじさんは、なべの中をのぞきこみ、六とからだをかわして、せまい入口を中へはいった。

「そうだよ。おばさんが買ってくれたんだけど……」

あのレインコートに長ぐつだ。六は、おじさんの全身をながめまわす。雨が降りだしてから出ていったのなら、ちっともおかしな服装ではない。でも、おじさんは、コートを頭からかぶってきたし、長ぐつの黒いゴムの表には、赤土がべっとりついている。

「買ってるうちに、むこうの客がきたわけか。」

きょうのおじさんは、先へ先へと話をする。口をききながら、ゴム長をぬいでサンダルにはきかえ、ぬれているコートをまるめて、たなのすみにおしこむ。

「あら、帰ってたの。」

口をとがらせたおばさんの顔がのぞいた。

「どこへ行ってたんです？　夕はんのしたくはしなきゃならないし、お客はくるし、いちばんいそがしい時間に。」

「こっちには、もう客はこない。ひまな時間だ。」

おじさんは、奥の壁によせてある机の前にすわった。

「そんなことありませんよ。まるで、わたしはお店を二つ持ってるみたい。」

いすの上で、おじさんはからだをもぞもぞさせる。足で、机の下の暗がりへ、泥のついた長ぐつをおしこんでいる。机に片ひじをついて、あごをささえ、六のほうに顔をむける。

おばさんは、おじさんのうしろ頭を見おろして、まだぶつぶついい続ける。おじさんは六に右目をつぶってみせる。六は、思わず、こっくりした。

手を打ち合わせて、おばさんがいった。

「そうだわ。おとうふ、もらうんだった。」

「はい、これ。」

六は、雑誌(ざっし)の横においておいたなべをとって、さしだした。

「むこうのお客さんも、一つほしいっていってるの。」

「ばかだな。早くそれをいえ。」

おじさんは、いすから立ちあがる。

「まだ、あるのか。」

「いっぱいある。おれ、きょうから、とうふ売りはじめたんだもん。」

六は、床(ゆか)を鳴らして、店先へとびだした。カンの中に手を沈(しず)めながら、そっと胸(むね)で数えた。一、二、三、やっと三丁めのとうふが売れる。

5　半島のふしぎな住人たち

まっすぐにのびた刀身のような細い葉と葉のあいだに、小さい海が見えた。砂地にあごをつけると、草の根もとで、遠い水平線がふくらむ。あふれてこぼれる前のお椀の水みたいにふくれあがる。六は、草むらに腹ばいになり、首をもたげて片目で海を見ている。海の線がもりあがって、ちらちらゆれてくると、くたびれた目を閉じ、もう一方の目をかっきり開く。海は、そこにある。朝の光にみちた空の下で、どこまでも続いている。

山の中にいたころ、六は、目をあげればいつでも海が見えるところに住んでみたいと思った。四つになってはじめてズリ山に登ったとき、大きい子たちが雲のたなびいているあたりを指さして「あれ、海だ」「海じゃないかよ」とふざけあっているのをきいた。それからは、ズリ山に立つたびに、そこに海があるような気がして、豆畑のむこうの青い山の果てに目をこらしたものだ。小学校にはいってからは、グラウンドのそばを流れる空知川を下っていけば、海へ出られることを知っていた。台風が吹き荒れた日の翌朝、川の水がふえてグラウンドにさざ波がたったのを見て、川が海にそそぐあたりはこうだろうと思ったことがある。

写真や絵で海を見たことは、数えきれない。だが、ほんものは、まるでちがった。あの山を出て、二つも汽車を乗り換え、六時間かかってついた町の海。この海は、まるい水平線を持っている。見ていると、地球のへりにいる感じが強くして、からだがのめっていってしまう。

望遠鏡でのぞくようにして海をながめる楽しみをうちきり、上半身をおこした。丘の中腹にあるこの草むらは、三日前の朝、自転車をかくしておいたところである。六は、草の波の上を目でなでる。赤むくれの獅子鼻に似た岩とその下の小さな崖、一本道。そして道を下るにつれて、さらに大きくひろがる緑の原。そこまでは、動くものはなにもない。

人の姿が見えるのは、草原をへだてた下の浜である。砂山から半島の根もとにかけてのコンブ干し場には、子どももまじった一群れの人たちが働いている。男たちが磯舟に山もりにしてくるコンブを、波打ちぎわでリヤカーに受け、干し場へ引いていってひろげるのは、女と子どもの役目らしい。

六は、ひさしぶりで机のひきだしからとり出してきた腕時計をのぞく。「おれは寮にはいるからいらないけど、おまえはねぼすけだし、のんびりやだからな」といって、にいちゃんがくれた時計だ。針は、六時二十八分をさしている。けさ、歩いてこの丘までやってきたのは五時半ごろだったから、一時間もたったわけか。

　頭をふって、また草の中にねころんだ。見あげる空に、あのおじさんの指にはさまれた矢じりが幻になって浮かんでくる。六は、この一帯をさんざん歩きまわった。崖の上からとんでもみた。けれども、それらしいものは一つも見つけられなかった。おじさんの「ひみつ」を、つきとめてやろうと思ったのに。そういえば、ゆうべ、おじさんが長ぐつにつけてきた赤土は、どこの土だろう。ゴルフ場のそばでは、赤身の魚をそいだみたいに崖がけずりとられて、なにかの工事がはじまっていたが……。

　さっきまでひんやりしていた空気が、きゅうにあたたかくなり、ねむ気がおそってきた。ざざっ、ざざっと砂浜によせる波の音が、からだの奥でひびく。もう、矢じりのこともおじさんのことも、どうでもいい。とろとろしかけたと思ったら、波のざわめきがきゅうに大きくなった。そうではない、人の声だ。浜辺のほうで、なにかさけび合っている。六は、はねおきた。前方に帯のように続く砂浜を、四人の男が、ひとかたまりになって歩いている。男たちは、魚の網(あみ)の四つ端(はし)を重そうに持ち運びながら、コンブ干し場(ほしば)の人たちに声をかけ、手をふる。丘の上で、六は、思わずからだをのりだした。網の中には、黒っぽい丸太(まるた)のような大きな魚、いや、とても魚には見えないものが横たわっている。

　コンブ干し場からは、まっ先に子どもたちが走ってきた。だが、男たちは、どういうわけか、網のまわりにむらがる子どもを追いはらう。子どもたちは、めずらしいものをかこむように、おとなたちを遠まきにして、ぞろぞろくっついていく。

　いそぎ足で移動していく一団をめざして、六は、草をこぎ分けた。浜では、男にまじって女の声もとぶ。騒(さわ)ぎがひろがっている。ここからは、それが海鳥の鳴き騒ぐ声のようにしかきこえない。

　草原をつっきって、砂浜へ出た。運動ぐつを一つ、砂にとられる。拾って、手に持ったまま走った。砂山のそばにできた人の輪へかけよる。ぬれたコンブのにおいと漁師(りょうし)たちの汗(あせ)のにおい、それに小便くさい子どもたちのにおいがまじりあって、鼻をつく。

　まん中に、若(わか)い男が腕(うで)を組んでいる。

「よう、それで、おまえら、どうしようってんだ。」

　男は、太く濃(こ)いまゆをぐっと近よせ、一言(ひとこと)いうたびにあごをしゃくった。

けんかがはじまったのか。六は、前の男の肩の上へ、のびあがる。相手はだれなんだ。こんどは、しゃがんで、まわりの人の足の林をすかしてみる。男たちが運んできた魚網が投げだしてある。だが、網の中にあったものは、影も形もない。

「おれたちはよ、このおっさんにたのまれたから、家まで運んでやっかと思っただけだ。」

たしか、網の端をにぎっていた四人のうちのひとりだった小さい男が、いった。

「ふん。やっぱりおまえははんかくさいよ。このいそがしいときに。さっさとコンブを干さなきゃ、もうあんなに陽がのぼっちまったじゃねえか。」

若い男は、大げさに空をあおいだ。まわりがざわざわしはじめた。ひとり、ふたり、円陣をぬけだす者もいる。

褐色のひたいに深いしわがいくつもきざまれた年寄りが出てきた。

「おっさんは足をくじいとるんだ。おまえがいいたいことはわかるが、このリヤカーがちょうどからだったんでな。それで運んでやろうと。」

「そんなに運んでやりたかったら、ほかのをからにすれや。」

若い男はいらだたしそうに砂をけちらす。その砂がとどきそうなところに、リヤカーが見えた。

「そいつをおろせ。おれんとこのは、そんなことに使っちゃいられねえんだ。」

荷台になかばおきあがっていた人が、弱々しく頭に手をやった。肩からレインコートがずり落ちる。

「おじさん！」

六は、まわりの人をかき分け、おしのけて、とんでいった。リヤカーのそばで、若い男にぶつかりそうになった。

「なんだ、こいつ。」

男は、タイヤに片足をかけて、六をにらみつけた。はだかの肩や胸を細かく泡立ったコンブのぬめりで光らせ、分厚いくちびるをつきだす。くぼんだ目の底からは暗い光がほとばしった。

「おれの知り合いだ。」

いったのは、おじさんだ。いつもとかわらない、ぼそっとした声が、まわりの張りつめた空気をしぼませる。

「知り合い？」

男は、鼻をふくらませて、せせらわらう。タイヤにかけていた足をおろして、腕(うで)を組みなおし、六の顔を痛(いた)いくらい見つめる。

「きさま、いいとこにきたじゃねえか。おい、みんな。」

首をまわして、あたりの人によびかける。

「こいつにまかして、おれたちは手を引こうや。うちのリヤカーも返してもらうぜ。」

「にいちゃん。貸(か)してやったっていいっしょ。……意地(いじ)くそわるい。」

泣(な)きだしそうな声がした。リヤカーの鉄の引き手をささえている少女だ。その顔を見て、六はびっくりした。違星(いぼし)ミキだ。半島の先まで手紙を持っていってやったときには、ひどくなまいきだったやつ。

「……わっち、市場でこのおじさんによくウニ買ってもらってるんだ。」

「それがどうした。ほしいから買うんだろ。おまえはよけいな口だすな。」

大きな目で兄の顔を見返したミキは、六がふたりを見くらべているのに気づいて、うつむく。

「おっさん、もうこのへんをうろつくのはやめときな。おまえさんだろ、昼間、男のいないときねらって、ミサキの中、うろうろしてるのは。こんどは崖(がけ)から落っこちて足くじくぐらいじゃ、すまないぜ。」

「ほんとか、それ。」

「話はきいてたけど、こいつか。」

とけかかった人の輪が、また、しまる。

「わしら、浜でよく顔合わすけどよう。家のほうさまで、なんでくるんだ。」

「どうせ、ろくなことじゃないさ。」

女たちも声をたてる。手ぬぐいでほおかむりをした女や、袋のようにたるんだズボンをはいた年寄り、運んでいたコンブを胸毛の密生したはだかの上半身にまきつけた男、どの顔も、けわしい目つきになった。しかも、その顔は、どれもおどろくほど似ている。左右が一本につながって見えるくらいにしげった濃いまゆ、くぼんだ目、大きくて厚いくちびる。ワンピースのすそをたくしあげた女の子や、すっぱだかの小さい男の子まで、同じ顔つきだ。

「くさいぞ、こいつ。」

「うろうろすんのは、また、なんかでっちあげるためかもな。」

若い男は、いつのまにか、ほとんどの人を味方にしている。「手を引こうや」といったこともわすれて、いまにも手を出しそうなけはいだ。

「おじさん、帰るんだ。」

六は、せいいっぱい大きな声でいった。

「そうするか。」

リヤカーからおりようとしていたおじさんは、青い顔をあげてわらってみせる。六が手をとろうとすると、おじさんは、「まあ、あわてるな」と小声でいい、こっちの動きをじっと見守っている人たちに顔をむけた。

「いやあ、えらい、めいわくをかけたな。」

それだけいって、片足で立ちあがろうとした。

「だいじょうぶかね。」

ずっと、そばに立って、口をつぐんでいた老人がいった。

「だいじょうぶさ。」

六は、おじさんのわきの下に肩を入れた。背の高いおじさんが、六の上にかしいでくる。足がふらついた。おじさんの左足は、地面につけることもできないらしい。だめだ。前に出て背中をむけた。肩へのびてきた腕をつかんで、腰に力をいれる。こわばったおじさんのからだは、重い材木のようだった。

男たちは、ミキからリヤカーをうばいとった。集まっていた人たちが、なにかいいあいながら散っていく。

「コンブは朝のうちが勝負でな。一日で干しあげてしまうもんだから、だれも、リヤカーを貸すのはいやがって。」

ぶつぶついっているのは、頭の白い、あのじいさんだ。ちきしょう！　なんてやつらだ。

砂にめりこむ足を持ちあげて前へ一歩進めるたびに、怒りがこみあげてくる。

「休むか。」

「いや。」

六は、のどをしめつける力を、はねかえすようにいう。血がうずをまいている頭が命令する。一気に行くほうがいいんだ。できるだけあいつらから遠くへ。

草の上へ、おじさんをそっとおろした。息をいれて、浜のほうをふりかえる。あんなにたくさんいたコンブとりの人たちが、砂山のかげになって、ひとりも見えない。まるで、いまの騒ぎは、うそだったようだ。

「痛いかい。」

六は、おじさんの足にさわってみた。

「ちょっとばかりな。軽いねんざだろう。」

おじさんは、他人の足のことをいっているような口ぶりだ。さすがに顔はしかめたままで、肩からはずした包みをほどきはじめた。それは、レインコートの袖とすそとを結び合わせたもので、中から長ぐつの片方がのぞいている。おじさんは、タオルをつかみだして、ひたいの汗をぬぐう。どさくさにまきこまれながら、いつのまにこんな荷物をまとめたのだろう。六は、包みとおじさんの顔とを見くらべた。

「だれかくるぞ。」

おじさんが、浜のほうを指さして、いった。いま、六がおじさんを背負ってきた道のない道を人影が一つ、こっちへむかってくる。長い髪をなびかせて走ってくる。

「ミキだよ、ミキって子だよ。おじさん。」

おかしなことに、ミキはときどきひどく走りにくそうに足をもつれさせる。どうしてなのかは、ミキの青いズボンのしまもようがはっきりするくらいに近づいてから、ようやくわかった。うしろ手でなにか引きずっているのだ。五メートルほど近くにきて、ミキはそれを前におしだした。

「これ、使って。」

さびた鉄の骨がむき出しの、乳母車だ。それは、ミキの手をはなれて草の上をすべりはじめたと思ったら、ぎくしゃくしたからだをこわばらせて、途中でとまってしまった。

「早く。」

ミキは小さい声でいって、もう一度、乱暴にそれをおしやった。

「ありがとう。借りるよ。」

おじさんが、いった。ミキは、はじめて顔をまっすぐにあげた。こんがり陽に焼けたまるいほおが、かすかにゆるむ。だが、六と目が合いそうになると、きゅうにからだをねじまげ、浜のほうへむきなおった。そのまま、なにもいわないでかけだしていく。

おじさんは、足の痛みもわすれたように、ミキのうしろ姿に目をそそいでいる。六は乳母車にかけより、それをおじさんの前に引っぱってきた。

「すごいおんぼろだ。乗れるかな。」

「案外、でかい車じゃないか。これなら、おれのしりでものっかるさ、おまえには重くて悪いけどな。」

「平気さ。ないよりはましだよ。」

「これで行こう。タクシーでもつかまえてきてもらおうかと思ってたんだが。」

おじさんが、なんとかして乗っていこうとする気持は、六にもよくわかる。ミキは、浜(はま)の人たちに見つかるかもしれない危険(きけん)をおかして、この車を運んできたのだ。磯(いそ)くさいにおいを放っている乳母車は、どこもかもコンブのぬめりと砂(すな)つぶとでべたべたしている。きっと、子どもたちが、リヤカーと同じように波打ちぎわの舟(ふね)に横づけにしてはコンブを積み、干(ほ)し場(ば)まで運んでいたのだろう。

「おもたい赤(あか)ん坊(ぼう)だあ。」

「四十なん年ぶりで、乳母車に乗ったぞ。」

おじさんは、声をたてててわらった。


病院から出てきたおじさんの足は、ほうたいで厚(あつ)くまかれていて、ひどいけがに見えた。

「オーバーな医者だ。一週間も動かないでいられるか。」

おじさんは、車の中にからだをうずめて、つぶやいた。

「だいじょうぶだよ、おじさん。おれなんか三年のときネンザやったけど、五日めには野球したよ。」

「子どもは早くなおるんだよ。」

そういわれて、六は、目の下にあるおじさんの頭をながめる。まん中のあたりが、少し薄くなっている。

「でもさ、おじさんは、あそこの店のとこにすわって、本貸したり返してもらったりしてればいいんだろ。商売には影響ないよ。」

「いや、大ありだ。」

おじさんは、前のほうをにらんで、きっぱりいう。社宅のほうから、紙袋をかかえたおじさんより少し若いくらいの男が、歩いてくる。遅れて会社に行くのか、ゆっくりとした足どりで、乳母車にちらちらと目をなげる。おじさんは、せきばらいをして、からだをたてようとする。だが、前にたらしたほうたいの足が、いかりのように重いので、おこそうとすればするほど、からだはうしろへ沈んでいく。ちょうど、けがをした足をふろおけの外に出してお湯につかっているとき、頭のほうから沈みそうになってもがいている、あのかっこうだ。

「もうすこしだよ。おじさん。」

六は、いそぎ足になる。つっぱった腕に最後の力をこめておす。乳母車の前輪がきゅるきゅるという油のきれた音をいっそう高くする。

「やっとたどりついたな。ありがとう。ほんとに助かった。」

おじさんのことばには答えないで、六は、カーテンのしまった店のガラス戸に手をかけた。

「おばさん、ねてるのかな。」

「まだ、あけてないだろう。いいから裏の小屋につれてってくれ。ちょっと話したいことがある。」

家のわきを裏へはいった。わりに大きい物置小屋があった。おじさんがポケットをさぐってとりだしたカギで、六は板戸の錠をはずす。

「このまま、中へ入れてくれ。」

いわれるとおりに、うす暗い戸口へ乳母車をおしこんで、六は、びっくりした。足もとに畳が敷いてあるのだ。それだけではない。まわりの壁には、本が天井までならび、奥にすえてある低い机のそばに、石のかけらや壺のかたちをしたものがひろげてあったり、古い大きな本が積み重ねてあったりする。

「これがおれの部屋だ。」

畳に両手をつき、腰をすべらせながら、おじさんはいう。足をいたわっているようだが、六には、おじさんが本や置き物に「ただいま」といっているように見える。

「だいぶ、そうじをしてないからよごれてるが、ま、そのざぶとんを敷いてすわってくれ。」

三枚敷いてある畳の奥の一枚に、おじさんはからだをのばした。

「きょうは、少しむちゃをしすぎた。ゆうべの雨で崖がすべりやすくなってたんだ。」

「どこの崖から落ちたの。」

「いつも行くところなんだが……。ゴルフ場の拡張工事をやっているの、知ってるか。」

「うん。おれ、おじさんが持ってたような矢じりを拾おうと思って、そばまで行ってみた。」

「それで、あんなとこにとびこんできたんだな。おれが落ちたのは、工事現場の裏手だ。」

六は、最初の朝、おじさんが崖をとんだ姿を思い出して、ふっとおかしくなった。

「で、矢じりは見つかったか。」

「いいや。ひとつっつも。」

「ひとつぐらいは見つけてもいいんだがな。掘り返してある土ん中をさがしたか。」

「じゃ、あそこかい、秘密の場所っての。」

こんどは、おじさんが、ふふっとわらった。だが、すぐに、まゆとまゆの間にしわをきざんで上半身をおこした。

「べつに秘密にすることはなかったんだ。あのへんは、丘全体が遺跡といってもいいところでな。遺跡っていうのは、矢じりや土器なんかが出てくる、むかしの人の生活した跡だ。これは、そうむちゃくちゃにこわしていいもんじゃない。あの工事がはじまってから、おれは、ずっと、やきもきして見まわってるんだ。それなのに、こんなケガをしちまって……。」

「おれでもよかったら、行ってやるよ。おじさんのかわりに。」

六は、からだを乗り出した。おじさんは、短く「ああ」といったきり、まばたきもしないで考えこんでいる。

「朝と晩と、あそこへ行ってみるよ。」

「……。」

「それから、半島のほうにも。」

「いや、それはやめておけ。あっちはまた別なんだ。」

「別って？」

「人が住んでいるってことだ。しかも、連中は、こっちを敵のように思ってるところがある。」

「なんだか知らないけど、ひどいやつらだよね。おじさんが歩けないのわかってるのに、みんなしてむりやり、リヤカーからおろすんだから。」

「おれも、あれには、ちょっとおどろいた。でもな、あの人たちが、こっちを敵のように思うのには、それなりのわけがある。」

「どういうわけさ。」

「はっきりいうと、ミサキっていうのは、むかしからアイヌ民族が住んでいたところで、あの人たちは、その子孫なんだ。おれは、アイヌのことはなんでも知りたいし、調べたいと思ってるんだが、あの人たちにとっちゃ、それはよけいなことでやってほしくないわけなんだな。しかし、おれはすきなんだ。知れば知るほど、むかしのアイヌたちの生活に魅かれる。」

おじさんのいい方は、だんだん、ひとりごとになる。六には、あまりおもしろい話ではない。

六が知っているアイヌというのは、駅にはってある観光ポスターや絵はがきで、北海道の先住民族だと宣伝しているあれだ。もう、北海道には純粋なアイヌは少なくなって、熊祭りでおどっているのは〝ニセもの〟だなどという話もにいちゃんにきいたことがある。

そういえば、炭鉱にだって、アイヌはいた。上の住宅にいた人がアイヌだといわれていたっけ。でも、あのおじさんは、坑夫たちにいい人だとしたわれていたし、石炭掘りでは、だれにも負けない先山だという評判だった。とうさんより稼ぎがよかったのは、まちがいない。同じアイヌだって、浜であったあんなやつらとはちがう。

母屋の裏口で、戸のあく音がした。

「あら、まあ。朝からそんなとこにこもってるの。」

おばさんが、こっちへやってくる。

「よし。おまえにやってもらうことは、もう少し考えてみるからな。」

おじさんが、六にささやいた。

6 おとくい地図はひろがる

「六、六う。」

遠くで、だれかがよんでいる。だるい腕をだれかが力をこめて引っぱる。六は、引っぱられまいとして腕をちぢめる。ちぢめているつもりなのに、腕はのびる。ゴムのようにのびていく。やめろ、おい、やめろったら……。

「これ、六。」

こんどは、耳もとではっきりよばれた。六は、ねむい目をうすくあけた。

「めずらしいねえ。昼寝するなんて。」

わきにすわって、そういったのはおばばだ。おばばが、この部屋にいる。

「どうしたんだい。」

「どうしたって、あがってきたのさ。」

おばばは、鼻すじにしわの山脈を作ってわらう。

「登ってみりゃあ、たいしたことはないね、このはしご。」

六はだまって、ぐったりしたからだをおこした。

「なんだか、いろいろ散らかってるねえ。この地図は、こないだとどいた町内のじゃないか。」

「おばさんに借りたんだよ。さっき。」

六は、枕もとの畳の上にひろげてあった地図や鉛筆をかき集めた。

「おまえも、なかなか熱心だね。きのうは、暗くなるまで雨の中をがんばってくるし。おばさんも見なおしたって、いってたよ。」

「うふん。」

「こりゃ、ちょっとやそっとでやめられなくなりそうだよ。きょうも、行くんだろ。」

「……ほんとのことをいうと、どうしようかと思ってるんだ。」

「少ししか売れなかったのを、まだ気にしてるのかい。」

「作戦をねりなおさなくちゃだめなんだ。」

「それでさ、おまえにいいものをやろうと思って、あがってきたんだよ。」

おばばは、前かけの下につっこんでいた手を、そっとぬきだした。

「これ！」

おばばがにぎったこぶしの両側から、うすよごれた銀色の筒のようなものがつきでている。三十センチくらいの筒の一方は細く、一方は広い口がついているラッパ、小型のラッパだ。

「おじじのこうりにあったんだよ。十年も前にあそこにつっこんだのを思い出してさがしてきたのさ。これはねえ、そのへんで子どもがおもちゃにしてるラッパとはちがって……あ、きたなくはないよ、かびがはえてたけど、よくふいといたから。」

受けとったラッパを、六は、ひっくり返してながめる。おばばがいうように、うすいブリキでできたおもちゃとはちがう。指ではじくと奥のほうから震動が伝わる、重い金属でできている。

「これが、どうして、おじじのラッパなの。」

「それだって！　おじじが納豆売りに使っていたのさ。ほんとうだよ。ああ、なみだが出るほど、むかしの話だ。」

いままでわらっていたかと思うと、きゅうに、おばばは目じりににじんできたなみだを前かけのはしでおさえた。

「おじじが、まだ若い職人さんで家にきたころのことだ。そのころは、とうふはいくらも作らなかったから、家は納豆でもってた。さあ、その納豆をかついで雪の中を売りに行くときに、おじじはラッパを鳴らすのを思いついたもんだ。それを、どっかから見つけてきて。」

「へえー。」

ラッパの吹き口を、ズボンのひざでこすってから、六は口にあてた。音とはいえないかすれた音がした。息を大きく吸いこみ、強く吹く。ちょっと高いが、とぼけた音が出る。

「はは、ははあ。おじじもそれを納豆売りらしく鳴らすのがむずかしいって、いってたわ。突撃のラッパじゃなし、クマよけのラッパでもなし。」

「クマよけ？」

「クマを追いはらうのに吹くラッパのことだよ。それは、おじじのころよりもっと古い話だ。」

おばばは、頭にさした小さいくしで、しきりにしらが頭をなでつける。

「ほら、バスで市街のほうに行く途中に、ラッパ森って停留所があるだろ。あそこらは、むかしクマが出て、郵便屋だか、それこそ納豆売りだかが、ラッパ吹きながら歩いたんだと。」

「ふうーん。」

「このへんじゃ、めずらしくない話さ。開拓ではいった人が、ついこのあいだまで生きてたんだから。ひょっとしたら、このラッパもそのころ使ってたのを、おじじがもらってきたのかもしれないよ。」

「また、おばばったら。ほんとうかなあ。」

「ほんとうさあ。」

おばばの小鼻が、ふくらんだ。わらいだすのをこらえているようだ。おばばから、むかしの話をきくときには、よく注意していなければいけない。みんながまるで知らないこととなると、あっちこっちから話をつみとってきて、とぼけていることがある。

「どうだい。それを鳴らしてとうふ売りやってみたら。なんの音かと思って、人さま、集まってくるだろうよ。」

六は、手の中のラッパを持ちかえてみる。チンドン屋、サーカスの町まわり、どうもそんなふうに思われそうで、いやだ。そんなのをやってみたくてたまらないときもあったけれど、いまは、ごめんだ。きのうみたいなことがおこる。ほかの人間に見つめられると、皮膚に電流が走り、たちまち火だるまみたいになってしまったじゃないか。

「さ、そろそろおじさんが帰ってくるころだ。おまえも下へ行って用意したほうがいいんじゃないかい。」

おばばは、よいしょと、かけ声をかけて立ちあがる。

「おもしろいこった。このラッパが役に立つなんて。なんでもとっておくもんだよ。むかしはやってすたれたもんが、またすぐはやる世の中だからねえ。」

しゃべり続けていたおばばは、階段の手前で、ぴたっと口を閉じた。

「だめだよ、おばば。ひとりじゃおりられっこないんだから。」

六は、おばばに声をかけておいて、気づかれないように、ラッパを昼寝の枕にしていたざぶとんのあいだにおしこんだ。おばばは、じぶんをよせつけなくなってしまった階段をにらんで、いう。

「わかったよ。登ってきたときと同じにやればいいんだわ。うしろむきになって。」

「それより、おれの背中につかまって。まったく、せわがやけるなあ。」

どいつもこいつもと、続けて出そうになったのを、六はのみこむ。

「おまえの背中じゃ、たよりないね。わたしゃ、やっぱりこれでいくよ。」

おばばは、たっぷりさがっているカーテンのようなスカートの前をすくいあげて、あとずさりをはじめた。Uターンがきかない車みたいだ。六は、しかたなしに、両手でサーカスの安全網を張り、おばばのおしりに肩をこづかれながら、うす暗い階段を一段一段おりた。

きのうとほとんど同じ時刻に、きのうとかわりなく暑くてほこりっぽい町の通りに出た。きのうと同じコースを走りだしてから、六は、きゅうに不安になった。東町のあの整然とならんだ社宅アパートへむかうには作戦がなければいけない。さっきは、地図を見ながらなにか考えたような気がするが、昼寝のあとでは、きれいさっぱり消えている。どうせ、わすれてしまうような案しか浮かばなかったのだ。それならいっそ、方向をかえて、西町のどまん中へ行ってやろう。西町は、内藤豆腐店のとうふをおろしている店も多いし、学校で顔を知っているやつもたくさんいるけれど、かまうもんか。

六は、「鉄の街市場」の前をぬけ、にぎやかな「銀座通り」を走ってから、裏道へとびこんでみた。表通りを一本はいっただけで、目につく店がずっとみすぼらしくなる。六は、歯科医院の小路を折れて、奥へ進んだ。さも目的があるように。道は、ずっとせまくなり、むこうからきた人をかわすのに板張りの壁へすりよらなければならなくなる。大きなゴミのバケツをよけるのもたいへんだ。だが、バケツはかすかな希望につながる。たいていの家では、ゴミバケツを裏口におく。裏口には台所がある。台所では、いまごろの時間、その家のおばさんが、晩のおかずはなににしようかと思い迷っているだろう。

「あーあ、また晩ごはんを考えなくちゃだめか。なんにしようかねえ。」

おばばとおばさんが、家で、しょっちゅうはくセリフが、どこか、この路地からもきこえてきそうじゃないか。

「とうふはいりませんか。」

そこへ、うまく声をかけられればなあ。

虫のいい空想をふくらませているうちに、六は、じぶんがさっきから同じところをぐるぐるまわっているのに気がついた。いけないと思って曲がった道は、モルタル塗りの高い建物のあいだをはいっていく。しかたがない。行ってみるまでだ。自転車を引いて歩けるだけの幅はある。六は、かくれんぼでもできそうな、うす暗い、ごたごたした細道へわりこんだ。

とぎれとぎれにレコードがきこえる。壁のむこうで、雨が降ってきたような音がはじまる。六は、思わず空をふりあおいだ。高いところに心細く切りとられた空は、すじ雲の模様まである青い反物に見える。わらいがこみあげてきた。壁のむこうは家の中だ。まちがっても雨の降るわけがない。わかった、パチンコの音だ。この家は、パチンコ屋だ。

やっと、人がからだをかわせるくらいの道に出た。だが、曲り角には、これまでにあったなかで一番大きなポリバケツが自転車をさえぎるようにおかれている。バケツを引きずって、その家の裏口のそばへおしつける。

「あら、魚清さん？　ここまで持ってきてくれたの。」

あたりがぱっと明るくなるような声がした。長いのれんを分けて、着物の女の人がほほえみかける。

「ちがうよ、ぼく。」

あわてて、打ち消した。

「魚、持ってきたんじゃないの。うふん、まちがっちゃった。あんた、だれ？」

「とうふ屋、とうふの移動販売。」

「へええ、とうふ売って歩いてんの。」

「いりませんか。うちのとうふ、味があるって評判いいんだ。」

「そうお……。じゃあ、見せて。」

六は、ちょうど目の前にとめてあった自転車の荷台のカンのおおいをはずした。六よりもずっと背の低い、その人は、カンのふちに手をかけて、化粧した顔を水に映す。

「見たって味がわかるわけじゃないけど、なんだか、おいしそう。」

耳のそばで、らせん状にまいた毛をふるわせて、くすぐったそうにわらう。目も鼻も細くて、人形みたいな人だ。

「三つもらっとくわ。冷ややっこはよく出るの。」

「どうも、ありがとう。」

六は、白いほうろう引きのボールに、とうふを三つ、きれいにならべてわたし、表へまわった。女の人の店の名前をおぼえるためだ。「小菊」とだけ染めだした白いのれんがかかっていて、壁にはめこんだガラスの内側に、お酒をくむ銚子と盃と瀬戸物の小さなタヌキとが飾ってあった。

六は、いつのまにか迷路を通りぬけていた。一まわりしただけのことはあった。一度に三丁も売れたのだ。

「よう、内藤(ないとう)。なに、やってんだ。」

うしろからきた自転車が、すりよってきた。川田の汗(あせ)まみれの顔が、肩(かた)にふれそうなほど近くにある。

「見りゃわかるだろ、とうふ売ってるんだ。」

川田は、石油カンのまわりにはってある紙に目を近づけた。そこに書いてある字は、きのうの雨とこぼれた水とで、消えたりにじんだりしていた。おばばに追いたてられるようにして出てきたので、六は紙をはりかえることも字をなぞることもしないできてしまったのだ。

「よ、おまえんちで、買わないか。」

「うへえっ、おれに売りつける気か。おまえってけっこうずうずうしいんだな。」

「うちまで行ってやるから、きいてみてくれよ。」

「ちぇっ、そんなら、ついてこいよ。」

六は、人ごみをぬっていく川田の自転車に目をうばわれた。すごい。スポーツ車の最新型、コバルトファイブってやつだ。五段変速(だんへんそく)のそいつを、六はこの前、自転車屋で、さんざんながめまわした。いま、〈六つの光が矢のように流れて、方向指示する日本で初めてのストリームライトシステム〉とかっていう、うしろのライトが、あの宣伝文のとおりに、川田のけつで光る。

「すげえのに乗ってるな。」

町角を曲がって人通りが少なくなるとすぐ、川田とならんで、いった。

「イカスぞう、前のとはダンチだな。」

「差つけるなあ。前のって、これみたいのか。」

六は、じぶんの自転車のハンドルを軽くたたいた。

「それよりゃあ、かっこよかったな。おやじが現場で使うっていうんで払い下げたけど。」

六は、川田の家が土建会社をやっていると、どこかできいたのを思い出した。なにげなく、「差、つけるなあ」といってしまったが、川田は、もともと金持ちのむすこだったのか。

学校の丘の下にひろがる住宅街にはいった。四つ辻で六の家のほうとは反対に折れたが、あんがい近くに住んでいることになる。川田は、幅広い道に面した一軒の家のブロックべいの中にはいっていく。玄関の前に植えてある大きなオンコの木のそばで自転車をおりる。

「ここで、ちょっと待っててくれや。」

正面の玄関ではなく、横手にある裏口へ消えた。古い木造の二階家は、思っていたほど大きくはないし、りっぱでもない。それでも、六がいままでに炭鉱の長屋のほかに見た友だちの家のなかでは、いちばんいい。へいの中には、ほかにも鳥小屋を大きくしたようなプレハブの家がある。土建会社の事務所のようにもみえるし、作業に使うものを入れておく小屋のようでもある。

見まわしているうちに、おばさんの口癖の一つが思い浮かんだ。「中小企業はつらいよ」というのだ。川田の家は土建会社といっても、だいたい、中企業というところだろうか。でも、そうだとすれば、内藤豆腐店は小企業だ。おばさんは、正確に「小企業はつらいねえ」といったほうがいい。

「タイミング悪いよ。いま、買物に行ってるんだとさ、おふくろ。」

川田は、くつを引きずりながら、もどってきた。両手に持ってきたとうきびを、一本はじぶんの口へ運び、一本は六の前へつきだす。

「食えよ。」

ゆでたとうきびの、ふっくらしたにおいが鼻先をかすめる。六は、オンコの木のかげに川田といっしょにしゃがんだ。

「とうふ売りの手伝いなんかやめて、浜のほうに行ってみないか。」

とうきびの黄色いうねを、かたっぱしから食い散らしながら、川田がさそう。

「手伝いじゃないんだ。おれがやりだした商売だからな。」

「さぼるわけにいかないっていうのか。」

川田は、食べ終えたとうきびのがらを、つまらなさそうに木の上へほうった。それは、しげった枝のどこかにひっかかったらしく、落ちてこなかった。

「本気で売るつもりなら、社宅に行けば、いいかもしれないぞ。」

「東町のアパートだろう。残念でした。あそこ、あんまり売れなかった。」

「そうか。じゃ、元町の工員社宅に行ってみろ。青木なんかのいるとこ。」

「どっちのほうだ、元町って。」

「おんぼろ社宅だよ。青木のやつさがして、いっぱい買ってもらえよ。あいつは、すぐ学級委員づらするから、世話してくれるぞ。」

川田は、どこへすてようかと迷っていた六のがらをうばいとり、また、梢めがけてほうりあげた。

「うまかった。じゃあ、おれ、元町のほうへ行ってみる。」

六にあってから何度めかの川田の舌(した)うちだ。

「ちぇっ。」

「こんど、ゆっくりつきあうからな。」

六は、川田に教えてもらった社宅へむかった。六たちの住む西町の東のはずれから西のはずれへ、山ぎわに沿(そ)った道をまわる。斜面に、川田がいったような古い社宅が列(れつ)を作っている。六はじぶんが蘭内市(らんないし)へきていることをわすれてしまうところだった。ここは、六が生まれてからついこのあいだまで住んでいた社宅にそっくりだ。すすけた煙突(えんとつ)とテレビアンテナをトタン屋根にはやした木造長屋。一棟(むね)にきまった数の入口と窓(まど)とがならんでいて、うっかりすると、となりの家へはいってしまいそうな棟割長屋(むねわりながや)。角の家の板壁(いたかべ)が一枚(まい)はがれかかっているのまで、見たことがあるような気がする。

六は、二棟(むね)の長屋がむかいあっている道へはいっていった。一棟が四軒(けん)に分かれている。ここで一発、笛(ふえ)でも鳴らして、とうふのほしい人は出ておいでと、いいたいところだ。そうだ。あのラッパを持ってくればよかった。この長屋の通りでなら、ラッパを吹(ふ)くのも、なんでもなくできそうだ。

「どこのうち、さがしてるの。」

うしろからきたおばさんに、声をかけられた。この人も買い物帰りらしく、両手に紙包みやカゴをさげている。

「あのう、青木君のうち」といいかけたが、まわりくどいことはやめた。

「ぼく、とうふ売ってるんです。」

「あら、とうふなら、もらうわ。いま、そこまできてねえ、一つ買ってくりゃよかったって思ったのよう。とうふ売りなんてめずらしいね。」

「きのうから、やってるんだけど。」

「売れるでしょう。あんた、うまいことを考えついたわ。」

六は、あいまいにうなずく。

「中井(なかい)さんのおばさん。なんだね?」

そばの家の窓(まど)から、顔が出た。中井さんとよばれた客は、六から受けとったばかりのとうふを高くかかげてみせる。

「とうふ屋さんなんだと、この人。」

「ほう」そのおばさんは、窓(まど)から身を引きながら、いう。

「待っててや。わしももらうから。」

一丁ずつとうふを買ったふたりのおばさんは、かわるがわる質問をはじめる。

「どこのとうふ屋さんなのさ、あんた。」

「学校は？　何年？」

それから、ふたりはふたりだけの会話を交わす。

「このへんは店が遠いからねえ、十二条からくるのはたいへんだろうけど助かるわ。」

「ほんとだ。西中の二年っていったら、青木さんとこの。」

「三番めのと同じなんだって。感心だわねえ。」

六は、自転車を出発させようとして、じりじりする。

「あのう、青木の家はどこですか。」

「もう一つ上の段のむこうのはしの家。いま、子ども会だとかっていっぱい集まってるわ。あ、ここまっすぐいってむこうの坂あがったほうが近いよ。」

あまり親切に教えてくれるので、六はそのとおりに行かないわけにはいかない。

「また、まわってきてよ。」

「ときどき、よってや。」

口をそろえていうふたりのおばさんに、六は、手をふった。まるで、親類のおばさんのところにでもきたみたいだ。

青木の家の前には、子ども用の自転車が二、三台とまっていて、くつやげたが、せまい玄関にあふれるほどぬぎすてられていた。声をかけると、騒いでいた声が少ししずまって、小学生らしい男の子がふたり、三人、四人と真黒い顔を出し、そのうしろから青木のひょろ長い顔がのぞいた。

「なんか用か？　ごたごたやってるけど、もう終わるからあがれよ。」

「ここでいいんだ。ちょっとだけたのみがあってよったんだから。」

「少し待ってろよ。」

青木は、近眼の目をしばたたいて、奥へ引き返した。

「十分休憩」という声がきこえた。男の子や女の子が、穴からはいだすアリのように、ぞろぞろ出てくる。くつをさがしておしあい、はじかれてはだしのままとびだす。便所へ走っていく。大きいのから小さいのまで十五人、いや二十人はいる。

これだ！　この子たちにたのめばいい。手がかりをつけてもらうんだ。

二度めにあらわれた青木に、六は、わくわくする気持をおさえてたのみこんだ。

「いいよ。家へ行ってきいてくるだけなんだろ。」

「注文のあった家には、おれがすぐとどけにいく。」

「よし、わかった。」

青木は、外に出た。

「みんな、集まれ。いま、十分休憩っていったけど、そのあいだに、家へ行ってきいてきてもらいたいことがある。いいか、このおにいさんが話すからな。この人は内藤君(ないとうくん)、ぼくの友だちだ。内藤君は夏休みに君たちみたいに遊んでばっかりいないで、家の手伝(てつだ)いをして、とうふを売ってる。」

そこで、青木は演説(えんぜつ)をやめて、六に目配(めくば)せをする。まいった。青木にこううまくやられてはなんといえばいいのだろう。六はつばをのむ。子どもたちは、なにかささやきあいながら、六の顔を見あげる。

「おれの家は、とうふ屋だ。みんなにおいしいとうふを食べてもらいたい、と思って、毎日とうふを、いっしょうけんめい作ってる。……きょうは、このカンにいっぱい、とうふを持ってきた。……それで、おかあさんに、とうふはいらないかきいてきてほしいんだ。いるっていってくれればありがたいけど、いりませんっていわれても、こんどでいいぞ。」

「いるかいらないかだけ、ちゃんときいてくるんだ。いるっていった人の家には、内藤君がとうふを持っていくから。」

青木が、しめくくりをつけた。六は、もう汗ぐっしょりだ。

「行ってもいい？」「待ってえ。」

自転車にとびつく子、手をつないでかけだす子、みんな運動会の徒競走がはじまったみたいに走る。わが家めざしてとんでいく。

きのう、東町の社宅で、野球をしていた子どもたちにたのんだときも、こうだった。散っていくときのすばらしいいきおいが、こっちを喜ばせたのだ。

六は、青木に紙と鉛筆を借りた。青木に教えてもらいながら、社宅の略図を書く。

「だけど、おまえ、えらいな。」

感心したように、青木がいう。

「ほんというと、おれ、前に先生からいわれてたんだ。内藤の相談相手になってやるように、って。おまえんとこ、炭鉱がだめになって、家族がばらばらなんだって？」

「うん。だけど、それと、とうふ売りとは関係ないんだ。」

「関係ない？」

「ぜんぜんないわけじゃないけど……。やっぱりないな。」

青木は、首をかしげた。

「いっちゃーく。」

ランニングの胸を黒くした男の子が、かけこんできた。

「いる。いるってさ。」

「ようし、川島だ。ここから二軒先。」

青木は、男の子の家を、紙の上で示す。つぎつぎに、子どもたちが帰ってきた。

「だめだってさ。」

半分泣きそうな子もいる。六は、その子の名前と家をきいて、このつぎによる約束をする。

「あれ、京一、それなんだ？」

「これにもらっといでって、かあさんが。」

大きなべんとう箱をさしだしたのほ、五年生くらいの、ふとった、動作ののろい子である。

「バカだなあ、おまえ。この人が持っていくっていっただろ。」

「だって、かあさんが。」

「わかった、わかった。」

六は、べんとう箱を受けとっていった。

「きみんちに、いちばん先に行く。」

「京一んとこは、いちばん遠いんだぞ。」

青木にいわれて六は肩をすくめ、その子は舌を出した。

「だいたい、そろったな。」

「うん。八丁も注文がきた。」

六は、みんなに見送られて、出発した。知らない家をたずねるのだが、そんな気はしない。紙を片手にして、「こんちはっ、とうふ持ってきました」と、はいっていけるのだ。なかには、「あら、とうふのことだったの。うちの子どもがね、青木センセイが買いなさいっていいったっていうから、なんだかよくわからなかったけど、いいって返事したのよ」という家もあった。そのかわり、「おとなりでも一つほしいって」と、注文のほかに売れたりもする。

　ズボンのポケットが百円や十円玉で重くなり、自転車の荷は軽くなった。なんともいえない重さと、うれしい軽さ。六は、社宅の坂道を、ペダルに片足をかけて、いい気持でおりる。三段めの家のそばにさしかかったところで、青木がとびだしてきた。

「うまくいったかあ。」

「いったあ。」

　うっかり、青木に礼もいわないで帰るところだった。

「うちのを一つもらうのを、わすれてたんだ。」

「おまえんとこでも買ってくれるのか。」

　カンの中をのぞいた。とうふは三つ残っているが、一つは角がくずれて売り物にならない。六は、青木のいれものに、それもすくいいれた。

「おまけか。いいのか、こんなことして。」

「こわれてるけど、味はおんなじだからな。」

「サンキュー。」

「おれのほうこそ、サンキュー。」

　六は、二度もふりかえって、青木に手をふった。ダリアの花が咲き乱れている庭先に、青木は黄色い夕陽をあびて立っていた。

貸本屋の店の前で、六は最後のとうふを包んで、カーテンを閉じた店の横を通って裏口へまわる。台所の戸があいていて、おばさんが床をふいているのが見えた。

「おじさんは、どう?」

「ねてるわ、イビキかいて。奥の部屋にかえたのよ。」

おばさんは、バケツをさげて戸口を出てきた。

「ねえ。あの人、どこであんなにひどく足くじいたの?　いくらきいてもはっきりいわないのよ。」

「見たわけじゃないんだ。おれも。」

「あら、そうなの?」

おばさんは疑わしそうに六の顔に目をあてたまま、ぞうきんをしぼる。

「だって、あったときは、おじさん、もう、リヤカーに乗っかってたんだから。」

「リヤカーに?」

「はじめは、そうだったのさ。それが、ちょっとつごうが悪くなって、あの乳母車貸してもらって。そういえば、あれ返さなくちゃ。」

「とりにきたわよ、さっき。」

「えっ、だれが？」

「女の子よ。」

「ミキが？」

「ミキちゃんっていうの。あんたのお友だち？」

「と、ともだちってほどじゃないんだ。でも、あいつ、よく……。おじさんにあっていった？」

「ううん。だって、あの子、『車、返して』っていうだけだったから。」

そうか。うっかりしていた。あの乳母車を返すのは、なんとなく、あしたの朝でいいと思っていた。

「おばさん、あの子、まっすぐ家に帰るみたいだった？　それとも、荷物かなんか持ってた？」

「重そうなバケツさげてたわよ。あの乳母車に乗せて運んでったけど。だから、とりにきたんじゃないの。」

六は、それだけきけば十分だった。

「はい、これ。おじさんのお見舞。」

おばさんに、とうふをおしつけた。もしかしたら、おばさんは、毎日毎日、とうふをおいていかれて、困っているかもしれない。だが、六がおじさんにあげられる見舞は、とうふのほかにないのだ。

「鉄の街市場」のそばで、六は自転車を駐車させて、身軽になった。混雑しているマーケットの中を、魚屋めざして進む。ミキは、そこで、軒先を借りた小さな店を出していた。リンゴ箱の上にならんでいる皿の中身は、見ているうちに入れかわる。きょうは、ミキの店も繁盛している。

六は、決心した。客がとぎれるのをみはからって、店の前に立った。

「これ、一つ、くれよ。」

うす皮を手の中で三角の筒にまるめて、ミキは顔をあげた。「あっ」とかすかな声をもらす。

「車、返しにいこうと思ってたのに、ごめんな。」

「いいんだよ。……どうだった、あのおじさん。」

ミキは、皿に目をおとしたり、六を見あげたりしながら、きく。

「ねんざだってさ。一週間くらい動かないでいればなおるって。」

「そう。……どれにする?　ウニとノナと。」

六は、ならんだ四枚の皿をよく見た。どれにも、みかん色の指先くらいのかたまりが、ひとすくいのっていて、「ウニ」だか「ノナ」だか、区別がつかない。

「ええっと。」

適当に、右はじの皿を指さした。

「いくら?」

「百円。」

六は、ポケットのお金をつかみだした。十円玉を十枚、台のすみにおく。そのときになって、箱の前に「ウニ　一山百円　ノナ　一山五十円」と書いた紙がさがっているのが読めた。イケネエ、高いほうを買ってしまった。

だが、六は、ミキのさしだした包みを平気な顔で受けとった。それだけではなく、じぶんでもへんだと思うほど、にやにやしてつけ加えた。

「また、おじさんのこと教えにくるから。」

「うん。」

ミキも、にこっとわらい返した。マーケットを出てから、六は、残ったお金をてのひらにすくってみた。

「いいさ、いいさ。きょうは十八丁も売れたんだ。」

そうつぶやいたが、きょうのもうけは、どうなっているのか、ちょっと自信がなくなった。

夜、六は、おそくまでスタンドをつけて、鉛筆をにぎっていた。はじめ、作戦をねるつもりで書いた町の地図に、とうふを買ってくれた家を書き入れてみた。東町にも西町にも、ぽつぽつと赤丸がついた。おとくいさんは、二重丸印にする。貸本屋のおじさんの家、「小菊」という、あのきれいなおねえさんの店、それに元町社宅のふたりのおばさんのところも、二重丸だ。

印はふえたが、まだなにかたりないような気がした。六は、紙をはりたして、町の地図をひろげた。ゴルフ場のある丘、半島、蘭内港、製鉄会社の大きな敷地。めったに開いたことのない社会科の地図を引っぱりだして、つぎつぎに書きこんでみる。

できあがった地図を、灯の下でながめた。六が歩きまわって知っていると思っていた町の部分は、わずかなものでしかない。大きくひろがる空白の部分には、なにがあるのだろうか。なにがかくされているのだろうか。知りたい。もっと、知ってみたい。

7　祭りの夜のつぶやき

「こないだは、とうふ売れたか。」

川田は、六とならんで夜の西町の通りを歩きながら、いいだした。

「ああ。うまくいった、あの日は。あそこの社宅だけで十三、いや十五も売れたんだ。青木のとこに集まってたチビたちに注文とってもらってさ。」

「あいつが、そうしろっていったのか。」

「青木は、応援演説(おうえんえんぜつ)ぶってくれただけ。」

でも、あいつがいなかったら売れなかった、と続けようとして、六は、川田がおもしろくない顔をしているのに気がついた。

「それだけ売って、おまえ、いくらもうかるんだ？」

「一丁五円。小売りは二割(わり)のもうけだけど、おれは、それにちょっとたりないんだ。そのかわり、こわれたのや売れ残りのは、おばばに引きとってもらうから。」

「十丁売って五十円か。たいしたことないな。」

川田は「ちっ」と舌を鳴らし、肩をすくめる。そんなとうふ売りに、どうして夢中になれるのかわからないといいたいらしい。

「きょうで七日めだけど、ぐんぐんのびてるんだあ。三十丁突破した日だってあった。」

六は、平気だ。川田になにをいわれても、ごきげんな気分はかわらない。こんや、夕ごはんのあとで、おばさんたちの世間話がはじまったとき、六は思いがけなく川田がよぶ声をきいた。製鉄会社の宵祭りに行ってみようとさそわれたのだ。うれしかった。友だちってのは、こういうとき、こういうふうにあらわれるものだ。

「おい、なんかおごるぞ。」

六は、川田をつついて、いう。

「とうふのもうけで、か。」

「いいだろう。」

道の両わきにふえてきた夜店に目をやりながら、ポケットの中身に、六は上から手をふれてみた。まるめたてのひらいっぱいにもりあがって感じられるのは、ほとんどが十円硬貨だけれど、七、八百円はあるだろう。紙袋にためておいたお金のほとんどをすくい入れてきたのだから。

六は、にいちゃんが、いつか教えてくれた話を思い出した。「三銃士」という本を書いたフランスのデュマとかっていうえらい作家は、手を洗うお盆だかに、水のかわりに金貨をいっぱい入れておいた。べつにそれで手を洗おうというわけじゃないが、金貨がじゃぶじゃぶと、水みたいにあふれてこぼれているのがすきだったのだ。その作家は――おもしろいおじさんだと思うが、出かけるときに金貨を手にすくい、上着やチョッキのポケットにいっぱいつめこんで、くりだしていった。にいちゃんによると、水のようにあったその金貨も、最後には枯れはてて、おじさんはみじめに死ぬということになっていたが、六は一度でいいから、そういうつかみどりをやってみたいものだと思った。

「きめた。おれ、タコ焼。」

川田が、いきなり立ちどまった。

「よし、おれもだ。」

汗ばんだ手をポケットにつっこんで、にぎった硬貨をそっくりとりだした。

「買ってきてやる。」

川田は、金を受けとって、人だかりの中につっこんでいく。

「ならんで、ならんで。」

てぬぐいではちまきをした男が、うちわを動かしながらさけんでいる。

電球の色が、明るくなってきた。となりのおもちゃ屋には、マンガの主人公の顔を型どったお面がならび、音をたてて走ったりおどったりしているおもちゃに子どもが集まっている。「さあ、買った、買った、皮のベルトが一本たったの二百五十円」とあおりたてる声が、むこうからきこえる。目の前を黄色い風船が横切る。風船は、ゆかたを着た小さい女の子の頭の上でゆれながら動いていく。ワタアメ屋、金魚すくいの店、植木を売る店、モデルガンの店。小さな夜店が、神社の祭殿の近くまで軒をならべている。

お祭りってものは、どこでもおんなじだ。炭鉱町の夏祭りは、このほかに「しばい」や「なにわぶし」が「娯楽館」にかかった。ヤマの人たちの演芸大会もあったが、入場料をとるほうのは、本職だけあってうまかった。六が、小学校にはいった年の祭りには、小さなサーカス団がきた。ゾウとライオンとサルとイヌぐらいしかいなかったが、そのサーカスが引きあげるときに、六は山一つこえたとなりの町までバスに乗ってついていき、帰りはみんなとはぐれて暗くなった道を泣きながらもどってきた。

「はんかくさい子だ」「いっしょに行ってしまえばよかったのに」と家じゅうの者にからかわれて、ますます悲しくなったのをおぼえている。サーカスがきたのは、たしか、あのときだけだ。きっと、あのころから炭鉱の景気はがた落ちになってしまったのだ。

「タコ焼できたぞう。どっか食うとこないか。」

揚げボールの色の悪いようなのが六個、うす皮でできた舟型のいれものの中にころがっているのを、川田が持ってきた。

「なんだ、これがタコ焼か。」

「おまえ、はじめてか。」

「うん、タコの足、焼いたのかと思ってた。」

「食ってみろよ、うまいから。おまえのおごりだけどな。」

祭殿のわきにある小さいふみ段に腰かけて、熱いタコ焼を口に入れた。塩の味がきいていて、うまい。タコのかわりにイカのきざんだのが少しと、ネギと赤いしょうががはいっている。それを練りあわせた麦粉のほうがだんぜん多かったが、こんなダンゴにソースをかけてあるのがめずらしい。炭鉱町のお祭りにはなかったものだ。

六も川田も、口のまわりについたソースを指でぬぐって立ちあがった。

「おれたちの祭りじゃねえから、おがむのはやめとこうな。」

川田は、祭殿の前でいう。

「そうだな。」

六は、うなずいてしまってから、全然関係がないわけでもないと思った。おじさんは、勤続二十なん年かの工員である。それで、きょう、会社からもらってきた紅白のらくがんを、六は一つもらって食べた。あのおかしは、富士山が四つ組み合わさった会社のマークをかたどってあった。その社章は祭壇のそばに掲げてある旗やちょうちんや幕にもついている。それどころか、目の前で燃えているかがり火の中にまで浮きだしている。ガスバーナーから出る強い炎に焼かれているのは、マキではない。拍子木のように形のそろった鉄の棒なのだ。まっかに焼けた一本一本に透けたあざやかな色のマークが見える。

「おい、あそこでたいこたたいているの、青木じゃないか。」

「どこに?」

川田は祭殿の横手に張ってあるテントの中を見ている。そこには、昼間、町や社宅街をねり歩いていたみこしが納められ、その両わきに子どものみこしがすえてある。子どものみこしのそばに、やはり行列に持って歩く大きなたいこがおかれていて、四、五人の子どもがむらがっていた。

「行ってみるか。」

川田が先にテントに近づいた。

「おい、おれたちにも、やらせろよ。」

「ちょっと待ってくれ。いま、たたき方教えてるとこなんだ。」

青木は、手を休めないで、いう。

「たたき方なら、おれが教えてやるって。」

「待てったら。さ、いいか、ここ持って。」

小学校の先生のように、青木はばちを持った子どもの手をにぎり、腰をかがめていっしょに打つ。

すると、むこうのみこしのかげでも、たいこの音がはじまった。むちゃくちゃなたたき方で、耳をおおいたくなるような大きな音を出す。六と川田は、顔を見合わせた。

「東中のやつらだ。」

「じゃ、あのみこし、東町社宅のほうのか。」

六は、元町社宅のにくらべて新しく、ずっとりっぱに見える子どものみこしをながめる。

「町のやつがはいってきてるぞ。」

「なんでそんなやつがいるんだ。」

むこうで、わざとらしく大きな声でことばをかわすのがきこえた。川田が細い目をつりあげた。

青木のたいこが、きゅうにはげしく鳴りだした。正確な間をおいて鳴る音は、腹の底にひびく。それにしても、ばかでかい音だ。六と川田は、青木のほうにとんでいった。

「やめろよ。」

「やめろったら。」

だが、青木は、手ににぎった二本のばちを、力いっぱいふるってたたき続ける。東町のほうからは、それをかき乱す応酬がくる。

「勝手にしろ。」

川田が、とうとうさけんだ。六は、テントを出た。あとを追ってきた川田と、しばらくそこに立っていたが、たいこの打ち合いはやまない。

「なんだ、なんだ。会社の祭りだから、町のもんは出ていけっていうのか。」

「工員社宅と職員社宅とではりあってるんだ。」

「そんなら、どうしておれたちに加勢させないんだ、青木のやつ。東中のやつらなんて弱いのばっかりだから、いちころなのによ。」

「いいや、ほっとこう。」

六は、川田を引きとめた。青木に味方したい気持は、川田と同じだが、青木はこっちに目もくれない。炭鉱の住宅でも、職員と鉱員の子どもがはりあうことがあった。そんなとき、町の商店の子などがはいりこむと、どういうわけか、こんどは炭鉱の子は炭鉱でかたまってしまうのだった。それに、けんかは、ストが長びいたりして、おとなたちがにらみあっているようなときに、きまっておきた。きげんの悪いとうさんやかあさんにしかられた分を、相手にぶつけていたのかもしれない。たいていは、あとになったら思い出せないようなつまらないことでとっくみあっていたのだ。

「ふん、たいこぶったたくだけか。これで、けんかのつもりなんだから、やる気なくなるよな。」

川田は、やたらに指を鳴らし、テントのそばをはなれる。

夜店がならんでいる通りは、人でふくれあがっていた。モデルガンを売っている店の前の地べたに、ミニカーの山がある。六も川田も、しゃがみこんでかきまわしたが、結局、気に入ったのはなかった。ピストルを持たせれば似合いそうな黒めがねの男が見張っているのが気になったし、二百円という値段も高すぎた。

「あっちで売ってる、小さいカニなあ。」

川田が、六をつついて、いいだす。

「海に行けば、岩のかげにうようよいるのだぞ。あしたになったら、ぜんぶひっくりかえって死んじまうんだ。」

六は、うなずき返した。

「いま、グスベリ売ってたのを見たか。びっくりしたなあ、あんなちっちゃい湯のみに一杯三十円。ヤマじゃな、どこのうちの庭からでもタダでとって食べてた。」

「みんな、ぼろもうけやってんだ。」

道の両側に祭りのちょうちんが目立ちはじめた。出店はなくなり、人通りもずっとへった。川田が立ちどまって、ささやいた。

「おもしろい手品見せてやるか。ちょっと見やぶれないと思うぜ。」

「なんだ、見せろよ。」

川田は六の腕をとって、近くのタバコ屋の前に引っぱっていく。店先の赤電話の受話器を持ちあげる。

「十円貸せよ。」

「入れるのか。」

六は、細い穴の口へ、十円玉をおしこむ。

「えーと。だれにするかな。やっぱり、おふくろにするか。」

どういうつもりなのか、川田はなれた手つきでダイヤルをまわし、へらへらわらいながら受話器を耳にあてがう。

「お話中だな。」

「もう一つまわさなきゃ、かからないじゃないか。」

六は、そばで目を光らせる。

「うるさいな。だまって、終りまで見てろよ。」

いいながら、川田はいきおいよく受話器をかけおろす。十円玉が軽い音をたてて機械の中を走りぬける。タバコ屋の窓に背をむけて、川田は電話器によりそい、「返却口」に指を入れた。

六は、ぎくっとした。川田が電話をかかえてにげだすのかと思った。まさか。これは手品だといってるんだ。

川田の指が、「返却口」から、硬貨をいくつもとり出した。

「こわれてるのか、これ。」

「しぃーっ。」

川田は、大げさに顔をしかめる。

「しけてる。これじゃガムしか買えねえな。」

十円玉を一枚、六の手に返して、残り三枚をつまむ。

「おばさん、それ、一つ。」

ガラス窓のむこうから、こっちをうかがっていたおばさんが、口もとをきゅうにくずして、ガムの包みを川田にわたす。

六は、受話器をとりあげた。いまもどしてもらったばかりの十円を落とし、機械の底のほうから音が広がるのをきいて、おろした。入れた硬貨が一つころげてきた。電話器の横っ腹をたたいてみたが、それ以上は出てこない。うしろで、川田が声をあげてわらう。

「どうなってんだ。」

川田は、答えないで、六にガムを一枚くれる。

「教えろよ。」

「何回でもやってみれ。」

「だめだ。どうすればいいんだろ。」

ガムを口にほうりこんで、六はうなった。さっきは、一枚が四枚になって出てきたのだ。もし、機械が故障しているのなら、四枚ときまって出てこなくても、二枚くらい落ちてきてもよさそうなものだ。

「ぜんぜん、だめか。ほら、こいつがタネだ。」

川田が、小石のようなものを指でつまんでみせた。六は、それをうけとった。軽い。茶色のうめぼしを三つくらいかためたような形をしている。

「それはな、これを。」

といって、川田は、ごわごわしたちり紙をとりだした。

「こうやって……こうやって……こうやったのさ。」

まるめて口へ入れるまねをし、かわりにガムをかんでみせ、ちり紙のだんごを電話器の返却口の穴の奥へおしこむ手つきを演じる。

「きたねえのっ。」

六は、手の中の、ひからびた紙だんごを、そばのみぞへ、たたきこんだ。川田は、はじかれたようにわらいだした。

「な、わかったろう。金がひっかかって出てこないと、店にどなりこむ人もいるんだ。あっちでやったり、こっちでやったりすりゃ、見つかりっこないけどな。」

はあはあ息を荒くして、川田はわらいころげている。つられて、くすぐったくなってきた。そんな紙だんごがつまっているとは知らないで、いま、六がやったように、赤電話をたたいたりゆすったりしている人のかっこうが見えるようだ。

だが、六は、途中でわらいやめた。川田を見ていると、わらうことも怒ることもできないへんな気分におそわれた。

六は、自転車屋のウインドーにひきつけられたふりをして近よっていった。

「あれっ、こんなの、いつはいったんだ。」

川田が、六を追ってきて、肩に手をかけた。

「ふたり乗りだ。すげえや。」

車体の長さが二メートルもありそうな自転車が、ふたりの目の前にあった。大きくて、しかも軽そうな車輪、ばねのきいたふたつの腰かけ、チェーンでなかよく結ばれたペダル。

こんなすばらしい自転車が、どうしてこの町の自転車屋にあるのか、ふしぎだ。川田は、ガラスにひたいをこすりつける。

「おまえとこれに乗って遠出したら、おもしろいだろうな。やりたいな。」

「そうだなあ。」

六は、それだけしかいえない。この自転車に乗るのはむずかしいぞ。ふたつのペダルは、呼吸(こきゅう)を合わせてふまなくはいけないからな。それができたら、どんなにゆかいだろう。

でも、いまのところ、悪いけど、川田といっしょに乗る気にはなれない。おれにハンドルをにぎらせてくれる、といってもだ。

8　仲間(なかま)のひとりはだれにする

物置小屋の戸はあけ放しにされて、西日をさえぎるために、青いすだれが一枚(まい)さがっていた。

「おじさん、いる?」

「六か、はいってもいいぞ。」

おじさんは、畳(たたみ)の上にひろげてあった本を閉(と)じて、わきへおしやる。六のすわる場所ができた。

「きょう、ほうたいをとった。もう、だいじょうぶだぞ。」

おじさんの目は、よくねたあとのように澄(す)んで、いきいきしている。

「いよいよ穴掘(あなほ)りにかかるか。一週間、むだにしてしまったからな。」

「いそがなくてもいいよ、おじさん。まだ、工事はあそこまでこないから。おれ、毎日見にいってるうちに、一日でどのくらい進むかわかってきたんだ。あと五日はかかると思う。」

この一週間、六は、おじさんに報告しようと思って、ゴルフ場の拡張工事を見に、丘へ通っていた。そこでは、ブルドーザーが一台のろのろと動き、四、五人の工夫は海をながめたり草の中で昼寝をしたりして、のんびり働いている。だから、おじさんが、だいじなむかしの遺跡だといってこわされるのを心配している獅子鼻のあたりは、まだ草におおわれて安全だ。

おじさんは、赤い崖の下に小さいほら穴があることは教えてくれたが、けっして近よるなとくぎをさすのもわすれなかった。たぶん、そこを掘るつもりなので、六がうろうろしているのを、だれかに見られてはまずいのだろう。

といっても、六は、そういわれたつぎの朝早く、浜辺にコンブとりの人たちがあらわれる前に、穴のそばまで行ってみた。その夕方、工夫たちがいなくなるのを待って、工事現場を歩き、矢じりを一つ拾った。おじさんが六に見せてくれたのとは、くらべものにならない、親指の先くらいの小さいものだったが。それで、六には、おじさんがこれまでやっていたことが、だいたいわかった。長ぐつについていたあの赤土を、六も運動ぐつやズボンにくっつけて帰った。おばばは、「どこまで、とうふ売りにいってるんだい、おまえ」と、半分感心したような声を出したが、おばさんには、新しいほうのズボンをよごしたというので、こってりしぼられてしまった。

「よし、あしたの晩、やることにきめよう。」

だまって考えこんでいたおじさんが、いった。

「あした？」

「やっぱり早いほうがいい。つごうはつくか。」

「おれなら、いつでも。」

六は、入口に近い場所から、おじさんのそばへにじりよった。奥の壁に背をもたせかけていたおじさんは、からだを前へおこし、声を低くする。

「考えようによっちゃ、このけがもむだじゃなかった。ねながら、だいたいの掘り方も勉強できたし、やってみる決心もついたんだ。盗掘をやる決心が、な。」

「トークツって、こないだもおじさんいってたけど、そんなに悪いことなの？」

「そうだな。きみにも、ちゃんと説明しておかなくてはと思ってたんだが……。いいか、あそこの丘は、べつに名前はついてないが、遺跡といっていいところだっていうことは、わかっただろう。そういうところを掘るときには、文化庁というお役所の許可がいる。文化財保護法というのがあってな、発掘をやる三十日前までに届け出をしなくてはならない。」

「なんだ、おじさん。その届けを出すの、わすれたの？」

「わすれたんじゃない、知らなかったのさ。」

「知らなかったって？」

「法律があるのは知ってたさ。だけど、掘ってみようとは思わなかったからなあ。届けのことなんかは、こんど調べてわかったんだ。」

「それじゃ、まに合わないや。」

六は、くすっとわらい、おじさんは苦笑した。

「まに合わないし、出しても、おれみたいなしろうとには、許可がおりないと思う。」

「だから、トークツをやるんだね。」

「おい、盗掘、盗掘っていうけどな、おじさんがいってるのは、そのかくごがいるっていうことだ。ほんとうの盗掘は、掘ったものをじぶんだけのものにしてしまったり、売りさばいたりした場合で、おれたちのは目的がちがうんだ。ただ……。」

「ただ?」

「罪が深いのは、土の中にねむってる遺物に対してだ。ある考古学者が、こんなことをいってる。」

おじさんは、机の上にあった黒い小型の本をとる。ページは開かないで手に持ったまま、本の重みをはかるようにして続けた。

「記録や報告をしないのなら、その最良の保存者である地中におくべきだ、ってね。ほんとにそうだと思うんだよ。しろうとのおれが勝手な想像をめぐらせて掘るのと、あの機械がかきまわすのと、あんまり差はないかもしれないからな。」

「でも、おじさん、さっき勉強したっていったじゃないか。おれ、ブルドーザーよりは、おじさんのほうを信用する。いや、尊敬するっていうんだな、こういうときは。」

六は、のびかけた頭の毛をつまんで、引っぱり、口ごもった。

「じゃ、本格的な相談だがね。じつは、もうひとり仲間がほしいんだ。見張りをたのめるような。」

「見張りがいるのかい。」

「夜だから、穴の中であかりをつけると、どうしても目立つ。ふたりのうち、どっちかが見張りをやってたのじゃ、仕事にならないだろう。」

「そうだな。」

「友だちはいないか。」

「いなくもないけど……。」

川田のことを思い浮かべながら、いいしぶった。あいつなら、おもしろがってとびついてくるだろうけど、これは、赤電話のコソ泥とはちがうからな。

「おれ、まだ、そいつのこと、わかんなくって。尊敬、じゃない、信用できないんだ。」

「それは、まずいな。」

「そうだ。あの子はどうだい、ミキって子。」

「どうかな、きみのいう信用はできる子らしいけど。」

「ミキなら、あのへんのことにくわしいし、女にしちゃ、あいつ、度胸もあるよ。あんなときに乳母車なんか持ってきたし、あとでまた、とりにきたし、さ。」

話しているうちに、六は、だんだん熱がはいってきた。くぼんだ目の底から、つきさすように人を見る、ミキの目。あの目は、いろんな光り方をする。だけど、それは、おじさんもいうように信用できる目だ。あいつを仲間にするのは、悪くない。

「でもな。あの兄貴がいることだし、ミサキの人たちにこの話がもれると、また、なんだかんだと誤解されるかもしれないし。」

「おじさん、ミキが話をもらすっていうの？　そんなことないったら。だって、あいつ、乳母車をおれたちに貸したこと、秘密にしてるよ、あの半島の人たちみんなに。」

「それは認める。あの子には、なにかあの子なりの考えがあるっていうことは。」

「じゃ、あいつの考えをきいてみようよ。」

六は、おじさんのほかにもうひとり、このへやにいる仲間にむかうように、かかえていたひざをはなして、すわりなおした。おじさんは、かすかに口もとをほころばせて、六にいった。

「よし、うまく話せよ。まかせたぞ。」


風のない、白くかわききった道を、六は、自転車で浜辺へむかっていた。わずかに西へうつりかけた太陽が、雲か煙かはっきりしないものがたちこめた灰色の空で黄色くにじんでいる。だが、海のほうの上空は明るい。夏の光が、そこにだけ降っているようで、海にはべつの太陽があるのではないかと思われる。

早く、あそこまで行って、ミキに話をしてもどるのだ。そうしなければ、とうふ売りに出かけるのがおそくなる。朝一番の出だった甲番から、一週間交替で乙番にかわったおじさんは、自転車で午後二時に工場へはいり、夜中に帰ってくるようになった。そのため、とうふ売りには、となりから借りた古いリヤカーを使っている。歩いてまわるのは時間がかかるから、少し早く店を出ることにしているのだ。

いざとなったら、この自転車を、とうふ売りにも借りてしまおうか。六は、川田の新しい自転車の上で、しりを一つはずませる。さすがに乗りごこちがいい。肉づきのよい大きなてのひらが軽くしりをささえ持ってくれているようだ。タイヤは、ぷちぷちと小石をはねとばしてくれるし、ブレーキはきゅっとしまるし、五段変速も自由自在だ。

あいつ、よく、これを貸してくれたな。それも「急用ができて、人をさがしてるんだけどさ。そいつの家まで歩いていってると、とうふ売りに間に合わなくなっちまうんだ」といっただけで。いや、運よく、あの庭に川田の自転車しかなかったからかもしれない。もう一台、自転車があれば、川田はこれに乗っていっしょについてきただろう。そんな顔で、残念そうに見送っていた。

海からの、かすかな風が、なまかわきのコンブのにおいを運んできた。漁師小屋のむこうに灰色がかった青い水が見えてくる。太陽は、ここでもやっぱり顔を出さないで、しおれたヒマワリの花みたいに空にかかっている。ちかちかする夏の光は、はるかな沖にしかないのかもしれない。

　くもり日の下でも、砂は熱くやけている。足もとからのぼってくる熱気で、頭が、昼寝の夢の中にいるように、ぼおっとしてくる。道のわきにすわりこんだ老婆を見たときも、六は、そのまま行きすぎようとした。だが、老婆はかすかに口をあけて、六になにかいいかけた。口のまわりにしみついた、黒いくまどりが、目にとびこんだ。

「どこさ、いぐ?」と、きいている。

「違星っていう家。」

六は、自転車にまたがったまま、からだを折って、答えた。相手は、わかったのかわからないのか、ただ頭をふって、こっちを見あげる。口の両わきではねあがった、りっぱな入れずみ。ひげのように見えるその入れずみにかこまれたくちびるが、子どもがなにか訴えるときのようにとがる。

「じっちゃじゃなくて、ミキに用だろ。あの子、浜にいるさ。」

「浜に?」

六は、いま、そばを通ってきたコンブ干し場をふりかえった。女たちが、ぽつぽつと散って仕事をしている。ずっと遠くの砂浜に引きあげてある船の近くでも、人影が動く。

「ウニは禁漁になったで、きょうから、コンブ干しの手伝いだ。」

そうか。それで市場には、いなかったんだ。

「どうも、ありがとう。」

六は、軽く頭をさげた。老婆の口のまわりに、ほほえみがひろがった。

船のそばで、わあっと声があがった。六は、そこで遊んでいる子どもたちをめざして進んでいく。手をたたいてさけびあっている子どものまん中に、大きな子がひとり立ちあがった。手に持ったものをいそがしくあやつりながら、また、しゃがみこむ。うしろむきなので顔は見えないが、長い髪が肩の上ではねる。

ミキだ。六は、自転車を、物干し場がいくつも連なっているようなコンブ架けのかげにおいて、砂の上にひろげられたコンブのうねりの中を、ひと足ひと足、とんでいく。畳の数にしたら、五十枚は敷きつめてあるコンブの座敷のはずれに、たどりついた。ミキたちは、すぐ先で、さっきからの遊びに熱中している。まだ、学校にいっていないくらいの小さい子が七、八人、ミキをとりまいて、その手もとをくいいるように見つめている。

ミキが、片手ににぎっているのは、ケン玉だ。だが、それは、町のおもちゃ屋で売っている青や赤の球がついた子どもの玩具とは、少しちがう。おとなの手首ほどもある、ごつごつした大きな木の胴体の先が、ふつうはまっすぐとがっているのに、二つに分かれた角になっている。長いにぎりの部分に、しゃくれた穴がいくつもついているらしく、球がその穴をぬうようにおどりはねる。休みなく球を遊ばせながら、ミキは低く歌う。はやくなったりおそくなったり、長くのばしたりきざむような調子になったり、歌の文句はさっぱりききとれないが、数え歌のようだ。

ケン玉の球が、穴から一度もはずれ落ちないで続くと、ミキをとりまく子どもたちの声がうわずってくる。ミキは、手足の先まではりつめる。すると、手もとが狂う。

「わあんっ。」

「ああ、あ。」

さっきから何度か浜にひびきわたっていたさけび声が、あがる。ミキは、汗でねばるてのひらを上着の胸にこすりつけて、また最初からやりだすところだ。ケン玉ならこっちにも自信がある。六は、子どもたちのうしろに近づいた。

「ちょっと。おれにやらせろよ。」

ミキは、ケン玉を持った手をうしろにかくした。

「な、貸せよ。」

まわりの子どもたちと六とを見くらべ、困った顔をしていたミキが、だまってケン玉をさしだす。

手にとってみて、六は、もういちど、このおもちゃにおどろいた。皮をむいたようにすべすべしている木は、波が浜に打ちあげる流木である。かたい音をたてていた球は、ゴルフのボールだ。丘の上のゴルフ場の草むらででも拾ってきたのだろう。

「さあ、数えてくれよ。」

六は、子どもたちにむかって、いった。はじめは小さい声で、だんだん波の音を消すくらいに高まって、歌が続く。ここで、二本つきでた角の一本にとまらせてやろう。ミキがしくじったわざだぞ。

「ああーんっ。」

ミキと子どもたちが、合唱した。球は、角の先からこぼれて、糸をねじらせながら空中をゆれ動いている。六は、首をかしげて、手あかで黒く光っているゴルフボールをてのひらにとった。

「こんどは、ミキちゃんだよう。」

まるい鼻の下に砂をまぶした二本のすじができている、女だか男だかわからない子が、六のズボンを引っぱる。

「あ、そうか。」

「わっちの番？」

ミキは、ケン玉をはずかしそうに受けとった。息を吸って、手を動かしはじめる。こまかくて、きれいな手つきだ。

六は、チビたちに歌をまかせて、ミキを観察した。一日じゅう、この浜辺で太陽に肌をさらしているミキは、顔も腕も足も陽にやけている。パンがやけすぎたようなその顔に、髪とまゆがもっと濃く、くっきりと目立っている。長いまつ毛にふちどられた瞳は、岩陰にたたえられた泉のようで、陽がさしこむと底光りして見えるが、なにも映さない陰のように深く沈むこともある。目と目のあいだはせまく鼻は高い。いや、その鼻が先のほうへ行くと、まるく大きくなってすわってしまう。そこがいい。丸顔のミキには、その鼻が似合う。

ミキの顔には、いま、そこであった老婆と似ているところがある。もしかしたら、あれはミキのおばあさんかもしれない。だが、そう思って、まわりで口をあけている小さい子たちを見ると、その中には、ミキの妹だと思われる子がふたりも三人もいる。いや、どの子もきょうだいに見えてくる。そうか、この似方は、六がとうさんのかあさんであるおばにそっくりだというのとは、ちがった似方なのだ。この人たちは集団で似ていて、この町のほかの人間たちとは、あまりにもはっきりちがっている。おじさんが足をくじいた朝、この浜で六たちをとりかこんだ、あの顔だ。

「ほれ、あんちゃんの番だ。」

「がんばってや。」

チビたちが、わめく。気がつくと、ミキがわらいながら、ケン玉をさしだしている。

「よおし。」

六は、ケン玉のにぎりを二度、三度持ちなおして、身をかまえた。潮風が、みんなのむきだしの手足や胸や背中を、さっとなでていく。それといっしょに、コンブ干し場のほうから、きんきんする声がきこえた。

「あんただち、遊んでないで、どんどん返さないば、だめでないのお。」

一番はしにいた男の子が、エビのようにはねて、近くのコンブにとびついた。根っこをつかんで、黒くちぢれた表を下に、ひっくり返す。同じことをやるために、子どもたちは、あっちへ、こっちへ、こっちへ、はだしの足で砂をけって走りだす。

「あっ、待って。」

六は、むこうに行きかけたミキに追いすがった。

「たのみがあるんだ。あした、おれとおじさんとでやるしごと、手伝ってくれないか。」

「なんのことさ。」

ミキは、コンブ干し場の女たちを気にして、砂浜の上のコンブに目をおとしている。

「すごくかんたんなことなんだ。きてみればわかるからさ。昼からずっと、市場をまわったりしてさがしたんだ、きみのこと。あしたの晩なんだけど、いいかい。」

「……。」

「よかったら、八時に、ゴルフ場の工事してるとこ、あそこの崖の下んとこにきて。」

「なにしてるんだ、ミキ。こっちで、しまうのを手伝えや。」

さっきの声が、また、さけんだ。

「暗くて、おっかなかったら、おれ、むかえに行くから。」

「だめ、むかえになんかこないで。」

いったかと思うと、ミキはかけだしていた。長い髪が、風にぴしっと鳴るいきおいだった。手に持ったケン玉を返すのもわすれて、六はミキのうしろ姿を見送った。

9　真夜中にむかしを掘る

　一時間半くらい前に陽が落ちた空は、濃い紺色のカバーでおおわれていた。月はなく、星だけがきまった図柄であちこちにぬいつけられている。暗い丘の上に立って目をこらすと、その数は砂つぶのようにふえて数えきれなくなる。

　黒い海は、闇の底に沈んでしまった。浜辺によせる波頭がほの白く動くのと、沖を行く漁船のあかりが、ちらちら光るのとで、海がそこにあることがわかるばかりである。

　ミキはくるだろうか。六は、さっきから何度もながめたクジラ半島と、そこから丘へくる道とを目でたどる。低く、地面をはうようにつながったミサキの家のあかり、うすねずみ色の毛皮を着てうずくまった砂山、はえている草がみんなおじぎ草でもあるようにうなだれてねむってしまった草原、ミキは、そのどこか近くを歩いていてもよい時刻だ。

「おりよう。」

崖の上にならんでたばこを吸っていたおじさんは、六に声をかけて先にたった。いつもなら崖をとぶところなのに、平らにならされてしまった丘の上から道をさがしておりていく。足がなおったばかりだもんな。六は、いそいでおじさんの前にまわった。

土砂は、丘の上から山津波のように下へおそいかかってきていた。六が赤鼻だとか獅子鼻だとかいってきた岩と二メートルもある崖を、ゴルフ場は、このいきおいでのんでしまうのだろうか。

崖下への道が細く分かれるところで、六は草の中からシャベルとクワの柄がつきでたセメント袋を拾いあげた。おじさんは、大工の道具入れに似たズックの大袋をかかえる。ふたりは、オートバイでここについてすぐ、ゴム長をはき、軍手をはめ、手ぬぐいを腰にぶらさげた土工スタイルになっている。

目の前の草の根もとで、虫が光った。二匹ならんで地面すれすれのところをとんでいく。ホタルだ、めずらしい。顔を近よせたとたん、低いうなり声がおこった。

「うわっ！」

六はとびあがる。おじさんは、六がなげだしたセメント袋にけつまずく。

「だめったら、クロっ。」

少しはなれた草むらにしゃがんでいた人影（ひとかげ）がいった。その腕（うで）の中へ、黒いマリになって、ネコがとびこむ。

「ミキちゃんか。」

「きてたのかい、ミキ。」

おじさんと六は、ネコにおどかされたことよりも、ミキがあらわれたことにびっくりした。

「よかった、おじさん。おれ、ひやひやしてたんだ。」

「そうだろう。なにをやるのか、話もしないできたそうだからな。ミキちゃん、ここで見張（みは）り役をやってくれるかい。」

わざわざ大工袋（だいくぶくろ）を地面におろして、おじさんはミキに説明（せつめい）をはじめた。仕事を手伝（てつだ）う約束（やくそく）なんかしないとか、見張（みは）りはいやだとかいって、ミキがおこってしまったらどうしよう。六は、はらはらして、おじさんが話をするのをきいていた。

すぐに、ミキは、おじさんにしたがって見張りの場所にうつった。めざすほら穴（あな）から七、八メートルはなれた草むらである。しゃがんだミキの足もとで、クロが草の葉をかんでいる。

六は、わすれないで持ってきたケン玉をとりだした。
「これ、返しとく。角つきの練習でもやってろよ。」
両手をのばしてケン玉を受けとったミキは、くすっとわらったようだ。薄闇の中だから
よくはわからないが、まるでネコを遊ばせにきたように楽しそうである。おじさんは、こ
れからやる仕事を、ごくかんたんにしか話さなかったから、ミキは、じぶんが盗掘の片棒
をかつぐことになるとは思ってもいない。六は、つばをのんで、ミキのそばをはなれる。
一本だけともした懐中電灯を六にあずけて、おじさんは、小ぶりの草刈りガマを手に
とった。
「カマを使うのはむずかしいから、おれがやるとして。」
「掘るよ、こっちは。」
「待て、待て。掘るのはまだだ。入口をつけるから、道具を運んでくれ。」
崖下のほら穴といっても、そこは、入口の高さが一メートルそこそこの小さな穴なのだ。
おまけに、いまは夏草が丈高くしげって、ほとんどその口をふさいでいる。おじさんは、
上からかぶさっているつる草をかき切って、あとはからだで草をおし分けた。六は、二つ
の袋を引きずって、あとに続いた。

中は、おとながふたりならんで、ゆうゆうとねられるくらいの広さがある。天井は低いので、入口をはいるときにかがめた腰をのばして立ちあがることはできない。おじさんは、六が、袋を運びいれてしまうと、例のレインコートをひろげて、中から穴の口をふさぐ。大きな釘をコートのボタン穴にさして壁にとめたのは、思いつきのようでもあり、前から考えていたようでもある。

「こうしといて、あかりをもっとつけることにしよう。」

「うん、いいね。」

六は、セメント袋に手をつっこんで、じぶんがそろえて持ってきたものをとりだす。小さいふろしき包みの中からは、いつも机のひきだしに入れてあるジャックナイフ、黒いマジックペン、マッチ、それに四角い箱型の懐中電灯が出てくる。おじさんは、懐中電灯を手にとった。

「おまえも持ってきたのか。これは大きくて役に立ちそうだ。」

六は、肩をすくめる。これだけは無断で、店のたなにあったのを借りてきたのだ。おじさんが出した太いろうそくにも火をつけて、六は奥の壁をそれで照らしてみた。

「ここなら、クワよりもツルハシのほうがよかったのに。」

「壁じゃない。掘るのはこっち、地面だぞ。」

「なんだ、そうか。おれ、石炭の壁掘るみたいな気になってた。」

「さあ、こっちにろうそくを貸せ。」

穴の中はひんやりしているが、おじさんのひたいには、大つぶの汗がにじみでてくる。

「その壁はな、ちょっと見ると、貝殻なんかがまじってるから古い地層かと思うが、新しい岩くずが積み重なってるだけなんだ。矢じりや石刀を見つけたのは、地面のほうからさ。いいか、見ろ。」

おじさんは、火を壁の下のほうに近づけ、シャベルの先で五センチほど掘ってみせる。

「この下の土は、上の壁とぜんぜんちがうだろう。」

「黒っぽいね。それに砂みたいだ。」

満足そうにこっくりして、おじさんは指で砂をすくう。

「本で調べたら、このあたりの地層では、表土から六番めか七番めに出てくる土らしい。」

「どういうこと？　それ。」

「ずいぶん古い地層だってわけさ。この層からは、続縄文文化期とか縄文の晩期とかの土器や石器が出てる。」

　おじさんの答えをきいていると、社会科のとくいな青木を思い出す。あいつは、ときどき、いまのおじさんみたいに、むずかしいことばをたて続けにしゃべってみせる。いや、青木のことではなかった。縄文文化ってのは、たしか二年のはじめの教科書にあったっけ。

「わかるだろう。土というもんは、どんどん上からかぶさっていくものだから、むかしを掘るためには、積もった土をどかさなくちゃならない。ところが、おれたちは、いっぺんに二千年前くらいの土の底におりてきたことになる。」

　六の頭には、長い長いエレベーターが浮かぶ。炭鉱の立坑を下へ下へとおりていくのが。あれに乗って、縄文だか続縄文だかの二千年前の世界へきたことにすればいいのだ。

「わかったよ、おじさん。この黒い砂をいきなり掘れるっていうのは、ちょっとないことだね。」

「そう。だから慎重にやってくれよ。」

　おじさんは、大工袋の中身を手早く地面にならべた。巻尺、移植ゴテ、竹ベラ、小刀、ふるい、新聞紙とポリ袋、それから、冬、ストーブのまわりをそうじするときの手ぼうきもある。砂場でままごとをはじめるみたいだ。だが、おじさんは手術を開始する前の医者のように緊張している。

六はシャベルをとり、おじさんはクワをにぎって、すみのほうから土をおこしはじめた。少しずつ土をけずり、手ごたえがあれば、小さい道具を使ってさぐる。足もとの土が、穴の中なのにじめじめしていないのは、表面の土をとりのぞくとすぐあらわれる、黒褐色の砂層のせいなのだろう。黒い砂と土とがまざったこの地層は、巻尺ではかると四十三センチの厚さを持ち、その下は砂だけの層になる。まず、この四十三センチを掘りひろげていくことにした。

「矢じりだ。ほら、おじさん。」

「出たな。」

それは、六がおじさんに見せてもらった、あの美しい矢じりにそっくりで、完全な形をしている。おじさんは、新聞紙にそれをくるみ、紙の上に六のマジックで「NO・1」と記入した。

二番めに見つけたのは、緑色のすべすべした平たい石だった。六は、ただの石としか思わなかったが、おじさんは目を輝かせて、こびりついている土をぬぐった。

「石斧、石の斧だ。」

たしかに刃をつけたあとがある。大むかしの人は、こんなものでまき割りをしたのか。だとしたら、ずいぶん……。考える間もなく、おじさんの興奮した声がきこえた。

「こいつは土器らしいぞ。そこらに片割れはないか。」

うす茶色の植木鉢のかけらのようなものを手にしたおじさんは、六がもりあげようとした土をくずして、まぜる。シャベルでひとすくいずつかきとるようにして掘った土は、片側の床にもうだいぶ大きな山を作っている。

「うん、つながる。」

「ほんとだ。茶わんかな。」

「ともかく、どんなかけらでも持って帰って、もっと完全にしてみよう。」

おじさんも六も、しばらく、だまって土をかいた。六は、口を開きかけては、手のほうがるすになる。ある考えが、ふくれあがってくる。

「おじさん、いまの土器だけどね。あれ、子どもの茶わんじゃないかなあ。大むかしの、子どもの、さ。」

「どうしてだ。」

「なんだか、すごく、そういう気がするんだ。そのころの人、ひとりひとりに茶わんがあったかどうかは知らないけど、もし、だれかのだとしたら、さ。あの茶わんでなに食ってたのかな。水なんか飲んだだろうな。」

「飲んだろうね。」

海の水はしょっぱくて飲めないから、どこかこの近くにわきだしていた泉の水を飲んだのだろうか。茶わんに汲まれたその水には、まっ青な空が映ったろう。そのころは、町のほうから黄色い煙が風にのってくることもなかったのだ。水も、空気も、いまとはくらべものにならないくらい、おいしかったにちがいない。六は、じぶんののどが鳴っているのに気がついて、はっとする。

「ここは、思ってたとおり、人が住んでいた跡だ。」

いつのまにか、おじさんは、土の底に腰をおろしてしまっている。

「ゴルフ場の丘のむこうにな、ずっとまえに竪穴の跡が見つかったことがある。そのときの報告を読んで、おれは、ここも、住居址ではないかと思ったんだ。」

「そこに住んでた人と同じ人たちが、この穴にも住んでたわけ。」

「それがどうもちがうような気がする。ちがう文化を持った人のような……。それは、いま掘ったものを調べてみればはっきりするんだが、もう一つ、気にかかることがあるんだ。」

そでをまくりあげてきていたシャツをぬいで、おじさんは、六と同じようにランニング一つになった。

「前に、この穴の入口で拾ったすり鉢のかけらと鉄のかたまりがあるんだが、人に調べてもらったら、鎌倉か徳川時代のなかばごろに作られたものだっていうんだ。その時代はな、もう、こんな矢じりや茶わんを使っていた人の時代じゃなくて、アイヌの人たちが、このあたりで生活していたころなんだ。おれは、一つ、仮説をたてた。アイヌには夏の家と冬の家というのがある。夏の家を半島においてみると、少し海から引っこんだここらを冬の家としていいはずだ。だから、この穴からは、もっと時代の下ったものも出てくるんじゃないかと思っていたんだが。」

「そのアイヌの人たちって、あの、半島の人の先祖になるの?」

「おそらく、つながるだろうな。」

おじさんは、そこでだまってしまった。ミキのことが、頭をかすめたのかもしれない。

「まだ半分も掘ってないな。少しいそごう。」

立ちあがって、つぎに掘り進める地点に、クワでしるしをつけた。

外では風がたちはじめたらしく、入口にはりつけたコートのすそがゆれ動く。そこから流れこんだ風が、穴の中の熱気を追いはらう。砂と汗にまみれたからだを気持よくなでる。ミキは、この風に吹かれて、夕涼みをしていることだろう。

六のシャベルの先が、かたい音をたてた。奥の壁のま下にシャベルをつきさしたときだ。

「おっと、待てよ。」

「ごめん。なんかけずっちまったみたいだ。」

引きあげたシャベルのはしに、白っぽい粉がついている。おじさんは、両手で土の壁をはがす。

「甕だ。大きい。これは、このままそっくりとりだすんだ。」

六のシャベルが当たったところは、甕の肩だったらしく、その下になだらかなまるみをおびた側面があらわれてきた。茶褐色のぬれた色をしている。おばばが塩辛を漬けている甕を思い出すが、うわぐすりのかかった、あのつやはぜんぜんない。

「ひびがはいってるから、土はつけたままにしとけ。」

おじさんは、こまかい注意を与えるが、裏側の半分が壁の下にぴったりはまっているので、甕は氷漬けになったように動かない。六は、移植ゴテをにぎりなおして、まわりの壁を大きくえぐりとった。

おじさんが、そっとかかえあげた。両腕にすっぽりおさまるくらいの大きさである。

「がんばったな。えらいものが出てきたぞ。」

壁ぎわに据えた土器と相手の顔とを、互いに見くらべあった。

「ちょっとミキを見てくるからな。おまえは休んでろ。」

小さいほうの懐中電灯をとりあげて、おじさんが、穴から出ていった。からだを休められるところは、掘りさげた溝の中しかない。深さが五十センチ、幅と長さは六がからだを横たえるのにちょうどよい大きさになっている。そこにからだを長くすると、ドラキュラの映画で見た墓穴の中にいるみたいだが、しかたがない。

のばした足先に、掘ったばかりの甕がおいてある。頭の下に腕を入れて、目をまっすぐそれに当てる。ろうそく二本と懐中電灯が一個ともっている薄暗い穴の中で、土のこびりついた甕は、みすぼらしい、ただの石に見える。これが、おじさんの「えらい物」なのか。同じ甕なら土がつまっているのではなく小判がどっさりつまっているのがいいや。日本国・十円という字の浮きでた、あの赤い銅貨でもざくざくしていれば、盗掘の気分は最高なのに。

六の考えをあざわらうように、甕が肩をゆすった。六は、ひじをついてからだをおこした。目をはなさないでいると、甕のうしろから、黒い小さい顔と光る目とがのぞいた。また、やられた。ミキのネコがしのびこんできている。

「クロっ。」

六は立ちあがった。おどろいたネコは、壁にそって走る。甕をとりだしたあとの穴にとびこむ。

暗い穴の中で光っている二匹のホタルが、奥へ流れた。見ているうちに遠ざかっていく。ざあっと、土のなだれる音が耳をうった。

ネコが土の下に消えたのだ。生き埋めだ。

「たいへんだっ、おじさあん、ミキーっ。」

レインコートをむしりとって、六は穴の外へさけんだ。シャベルをつかんで、壁の穴へつっこみ、夢中で土をかきだす。

「どうしたんだ。」

おじさんがかけこんできた。六は、穴の中で首をちぢめたまま、答える。

「埋まっちゃったんだ、クロが。ミキちゃんのネコ。」

「どこに?」

ミキが、穴のふちに手をかける。その顔が穴のへそのあたりにある。甕をとったあとの穴は、穴がそれほど土をかきだしたわけではないのに、上半身をもぐらせることができるくらい、深くなっている。

「ちょっと待て。」

おじさんが、ばかに落ち着いた声でいう。

「きこえるだろう。鳴いている。」

ネコの鳴き声が、壁のむこうでひびく。クロは生きている。

「奥に、もうひとつ、ほら穴があるんだろか。」

「ある。あるんだ。ネコはだいじょうぶだから、あわてないで掘れ。まだ、土がくずれるかもしれない。」

おじさんがもぐりこむには、穴は少しきゅうくつだ。入口をひろげるのを、おじさんとミキにやってもらって、穴は奥へ進む。茶褐色の土と砂と岩くずがまじった壁土をシャベルでつくと、こぼれた土は、下のほうへ吸いこまれるように落ちていく。いまにも、どっとすり鉢の底へなだれて、はいあがれなくなるのではないかと、おそろしい。

だが、少しすると土の流れはとまった。クロが鳴きたてる声が近くなった。六は、壁の穴から一メートル半ほど奥へ、急な階段をおりるようなぐあいに進んでいる。足もとに暗い穴が口を開いた。

「六、これを持て。」

おじさんが、ろうそくをわたしてくれる。井戸の底やほら穴の奥では、酸素が少なくなっていることがある。そういうときには、このろうそくの火が消えるのだ。頭のすみで、そのことを、思い返す。

穴の中にろうそくをさし入れると、砂の床が見えた。くずれ落ちた土が山を作って、足の下まで迫っている。そのすそをぐるぐるまわりながら、クロが鳴く。なんだ、あいつがいたんだ。ネコが生きているのだから、たいした危険はない。

「おりるよ、おれ。」

「深さは、どのくらいだ？」

「底が見えてんだよ。」

六は、鼻にしわをよせてわらった。おじさんとミキが、真剣な顔でのぞきこんでいるのがおかしい。だが、六もわらっていたのはわずかなあいだだった。穴の中に足をおろしたとたんに、土の山はくずれて、バランスを失った。六は、ろうそくをなげだした。

ほら穴は、つめたい、しめった室だった。六がとびこんだのは、その部屋の壁からということらしい。おじさんが上から光を注いでいるらしく、壁の穴は、まるで船室の丸窓のように、ぽっかりと闇の中に浮きだしている。すぐにも、その窓にかけよりたいのをおさえて、六は、気がちがったみたいに足にすがりつくネコを抱きあげた。

まもなく、窓に男の足が二本つきでて、黒い影になったおじさんがおりてきた。懐中電灯のまぶしい光が、はじめて岩の壁にはねかえる。続いて、ミキの青いしま模様のズボンが見えた。おじさんが手をかそうとするより先に、小さいからだが高跳びの選手のような身軽さで土の上にはずんだ。

砂をはらって立ちあがったミキに、六はネコをわたしてやった。

「ここは、おれたちが掘ってた穴とつながっていたらしいな。こりゃ、りっぱな横穴だ。」

あちこちを電灯で照らしていたおじさんがいう。

「おれの部屋より、ずっと広いなあ。」

六は、穴の中を歩きまわる。

「あれっ、骸骨！」

ミキが、六の足もとを指さした。懐中電灯の光が、口をあけた六の顔をかすって地面へとんだ。そこに、白い骨がうずくまっていた。頭蓋と背骨がはっきりした形を残している。

「イヌだ、イヌの骨だよ。まえに、これと同じのを見たことがある。おれたちが掘ったズリ山のトンネルの中で、野良犬が死んでたとき。」

「イヌだな」と、おじさんもいった。「どこからはいって、いつ死んだのかわからんが。」

慎重な手つきで、骨を調べ、近くの土までほじりだす。

「出よう。ねえ、六ちゃん。」

ミキが、からだをちぢめて、いった。

「うん。」

六も、イヌの骨がころがっている、このほら穴は、なんとなく居心地が悪かった。おじさんが、この穴の床も掘るといいだすのではないかと心配だし、それをやるのはあまり気が進まない。

ミキは、ネコを片腕に抱いて、はいってきたときの穴に手をのばす。穴のふちに足をかけようとするが、とどかない。土の山は、三人がつぎつぎにいきおいよくくずして、低くしてしまったからだ。

「おれ、馬になってやるか。」

六は、四つんばいになった。ためらっているミキを見あげて「早く」とせかす。ミキは、ゴムぞうりをぬいで、六の背中に足をのせようとした。

「ちょっと、待てよ。」

背をむけてなにか考えこんでいたおじさんが、こっちを見た。

「ふたりとも、これを見てくれないか。」

骨のそばから拾ったのか、土でよごれた器のようなものが、おじさんのてのひらにのっている。おじさんは、六にそれを手わたす。

「お椀みたいだけど、口がついてるんだな。これもむかしの人が使ってたのかい。」

「ミキちゃんは、どうだ。これと似たようなものを見たことないか。」

おじさんは、六から受けとった器を、ミキに見せる。片手にネコ、片手にゴムぞうりを持っているミキは、だまって目の前のそれを見つめる。

「ある」しばらくして、ミキはいった。「うちで使ってるわ。しょう油ついだり米はかったりして。」

「ほんとか。」

六は、もういちど、おじさんの手からお椀をとって、裏を返してみる。草がからみあっているような模様が、虫の食ったあととは別に、かすかに残っている。

「そうか。おもしろくなってきたぞ。ミキちゃんは、これのこと、なんてよんでいる？」

おじさんは、いきおいこんでたずねるが、ミキは首を横にふった。

「知らない。」

「エトヌップっていうのと、ちがうか。」

「……」

「ばあちゃんたちがいうの、きいたことないかな。」

「ない。」

ミキは、はげしくいって、口を結んだ。おじさんも、だまってしまった。

上のほうから、人の話し声がきこえてきた。草を分けながら、崖下の道をおりてくるけはいがする。

「だれか、くる。」

ミキが、おびえた声でいい、ネコを胸に抱く。

「静かにしていよう。ここは、かんたんに見つからないさ。」

おじさんは、灯を消して、ミキのそばにかがみこんだ。三人の吸う息とはく息に、ネコののどが鳴る音が加わる。上では、ほら穴のそばを通りすぎていく男と女のわらい声がする。

「行っちまった。」

六が、口を切る。

「だれだろ、ミサキの人かもしれない。」

まだ心配そうに、ミキがいう。おじさんは穴のむこうをうかがいながら、つぶやく。

「少しおそくなってしまったな。月が出る前に帰ることにしよう。」

おじさんと六にささえられて、まずミキが穴の上に出た。つぎに六、最後におじさんが、拾ったお椀を持って奥の穴をはいだした。

三人で、壁の穴を拾ってきた大きな石でかくし、掘った土をならして、もとのようにした。

「おじさん、シャベルとクワは、ここにかくしていこうか。」

「いや、やっぱり持って帰ったほうがいい。」

まったく、おじさんのあとしまつは完璧(かんぺき)だ。入口をふさいでいたコートをひきはがした時、とんでしまった釘(くぎ)までさがして拾い集めた。

帰りじたくに、たっぷり二十分はかかって外に出た。草のにおいがして、丘(おか)は虫の声で埋(うず)まっている。

「ミキちゃん。にいさんに、なにかいってきたか。」

「なんにも。きょうは工場に行ってるから。おじさん、いま何時。」

「十時半だ。」

「ちょうどいい。」

ミキは、きたときと同じように、うきうきした調子で話している。

「いまごろまで工場にいるのかい。うちのおじさんと同じとこじゃないだろうな。」

六は、ミキの顔をのぞいた。

「製鉄会社(せいてつがいしゃ)の陸運(りくうん)っていうとこ。」

「なんだ。圧延(あつえん)だよ、うちのおじさんは。」

ふたりのうしろで、おじさんがせきばらいをした。

「おれのことをきかないのか。もと鋼板だ。」

「へえ。おじさんも製鉄会社にいたの。」

「この町じゃ、たいていの人が会社につながりがあるさ。おれは、もう十五年も前に縁が切れたが……。」

溶鉱炉の火がぼんやり映っているむこうの空に目をむけて、おじさんは、小さく息をついた。

「あの工場で指を二本なくしたし、いろんなものをなくした。」

夜の草原に、そっとことばを捨てたみたいにきこえた。ミキが、立ちどまった。

「わっち、六ちゃんに返してもらったケン玉、わすれてきたわあ。」

「どこにだ。」

おじさんにきかれて、ミキは困った顔になる。

「どこだったか……穴ん中かな。」

「奥のほうのか。」

「うん、そんな気、する。」

「それならいい。あした、また、あそこで会ってさがそう。」

それで、六とミキとおじさんのあいだには、あしたの夜も、むかしを掘る約束が、なんとなくできあがった。

10　ウタリの酒場で

六は、目の前でおこっていることが信じられなかった。「やめれ、やめてくれっ！」とさけびたいが、声にならない。たとえ声が出たとしても、足の下にひろがるゴルフ場の工事現場からは、それをたちまち消してしまうような音がのぼってくる。三台の機械がいそがしく動きまわってたてる音である。

いつもはいねむりをしているようにのろのろと土の壁をけずりとっているブルドーザーが、きょうは新入りの一台といっしょに、夏の陽をはね返して働いている。そして、大きな四つのタイヤをむきだしにした、見なれない一台は、二本の腕でささえた鉄のバケットに土をすくいとると、空にむかって腕をつきあげたまま、崖っぷちへ走る。電池をとりかえたばかりのおもちゃのように、休みなくからだをふるわせて土をふり落とす。六は、目をつぶりたくなる。その下は、ほら穴の入口だ。なだれ落ちた土が、もう半分以上もそこを埋めている。

いそいで、おじさんに知らせよう。あのほら穴には、ゆうべ、たった一回、手をつけただけじゃないか。六は、じぶんが海のほうからではなく、少しはなれた丘の上からこの現場を見ていたのに気づく。社宅の一番上の家までとうふを売りにきたついでに、ふっと海を見たくなって、丘の上まで登ってきたのだった。よかった。この社宅街をおりていけば、おじさんの家は近い。

自転車のそばへ行くまで、何度も足がもつれそうになった。ペダルから足をはずして、急な坂をころがしていく。ブレーキの音が、まだたくさん残っているとうふの悲鳴みたいにきこえた。

「おじさん！」

六は、店の中にさけび、それから裏へまわって戸がしまっている小屋でもよんでみた。

「いないわよ。」

台所の窓から、おばさんがのぞいた。

「朝方までそこでごそごそやってたらしくて、さっきおきたのよ。」

「それで、どこへ行ったの。」

「さあ、どこかしらね。」

いつものことだが、おばさんの答えは答えになっていない。六は、しかたなく、そこをはなれた。

「六ちゃん、一つおいてってちょうだい。」

おばさんの声が追いかけてきた。なべを受けとって自転車のそばへもどり、カンの中へ手を入れた。どれをすくいあげても、とうふは満足なかっこうをしていない。あたりまえだ。めちゃくちゃに走ってきたのだから。白くにごった水を見ているうちに、六は少しずつ落ち着いてきた。

いくらあわてても、穴(あな)はあるところまで埋(う)められてしまったのだ。それに、きょうの工事は、あと一時間くらいで終わる。おじさんといっしょになにかするとすれば、そのあとだ。それまでに、くずれたとうふのあとしまつをつけておかなくてはならない。おばばに引きとってもらっても、半分は、きょうのもうけからじぶんではらうことにしなければならないだろう。もうひとつ、借りた自転車を川田に返しにいく用もあった。

自転車は、けさ、川田が前に使っていた古いのを、わざわざ貸(か)しにきてくれたのだ。きのう、浜(はま)へミキをさがしにいくために自転車を借りたとき、六がおじさんの勤務時間(きんむじかん)のつごうで、リヤカーを使っていると話したのを、川田は、ちゃんときいていてくれたらしい。

六は、夕ごはんをさっさとすまして、立った。

「おや、また出かけるのかい。おいしいスイカを切ることになってるんだよ。こんなんだから。」

おばばのしわだらけの手が胸の前で作ってみせたスイカの大きさは、この夏一番かと思われる。口の中に、スイカの甘い汁がひろがってくる。六は、くちびるを曲げて、おばばに背をむけた。

川田の家の前へくると、黄色いヘルメットに作業着姿の男が五、六人、門の中へはいっていくのが見えた。六は、ひとかたまりになって歩く男たちの足に、なにげなく目をやった。黒い地下たびのどれもに赤土がついている。丘の上の工事現場が頭に浮かぶ。

「おい、こっちだぞ。」

川田の声がした。六は、男たちについて、事務所のほうまできていた。

「な、いまの人たち、ゴルフ場の工事やってるのとちがうか。」

「そうだよ。あそこは、うちで請け負ってるんだから。それがどうかしたのか。」

「そうだったのか。」

六は、いきおいこんで、いった。

「おまえにたのみがある。おやじさんにいって、あの工事をやめてもらいたいんだ。」

「やめる?」

「いちばんいいのは、海のほうの崖を埋めないですむようにすることだ。だめなら、二日か三日、あっち側の工事を休んでもらえないか。」

「どっちもだめだろうな。休めなんていったら、頭冷やしてこいってどなられるぞ。それでなくても工期がのびて、やいのやいのいわれてんだから。だいたい、そういうことはな、工事をたのんだ事業主がいうんなら話はわかるけどよ。なんだって、おまえがそんなこというんだ。」

「事業主なら、いいのか。ゴルフ場のは、だれだ?」

「会社にきまってるじゃないか。この町でゴルフなんかやるのは、製鉄会社の、なんていったっけ、そうだ、社用族だけさ。」

川田にほら穴のことを話してしまおうか。必要ならば、川田建設や製鉄会社の社長にも話そう。あの穴を掘ったことは、だれにもいわないというのが、おじさんとの暗黙の約束だが、ほら穴が土の底になってしまうのを救うには、それしかない。だが、それをうまく話せるのは、やっぱりおじさんだ。あの矢じりや石の斧や土器の価値を、六は、まだうまく説明できない。知ったかぶりをして、うっかりやると、川田にひやかされるのがおちだ。

「おまえ、自転車返しにきたのか。」

六が口をつぐんでしまったのを、川田は、たのみをことわられてがっかりしていると思ったらしく、なぐさめるようにいいだした。

「それ、当分貸しといてやるよ。おれもな、いいバイト見つけたんだ。いまごろから朝までぶっつづけでやるんだけど。」

「いまごろから？」

六は、腕時計をのぞいた。さっきから時間が気になっていたのである。七時三十分。ほら穴へ行くならいそがなければならない。

「仕事はあしたからだけどよ。おまえもとうふ売りなんかやめて、いっしょにやらないか。稼ぎは問題にならないぞ。」

「いいよ、おれは。だけど、徹夜でやる仕事ってなんだ？」

「やるなら教えてもいいけどな。まあ、おまえは、その自転車で、ぼつぼつやれや。」

「ほんとにいいのか。じゃ、借りとくぞ。」

このまま、自転車に乗っていけるのはありがたい。まっすぐ浜へ出てほら穴へ行こう。おじさんもミキも、穴が埋められたことを知らないで、八時にあそこへ行くにちがいない。

「さっきのこと、もういっぺんたのみにくるからな。ちゃんと話のできる人つれて。」

「おやじにあわせろっていうんなら、あわしてやるけど、おれ、保証しないぜ。それに、ほんとに、あしたの夜からはいないからな。」

「わかったよ。」

なんだかへんなやつだが、川田と友だちでよかった。ほら穴を埋めようとしている相手がわかったし、よく話せばわかってくれるかもしれない。おじさんとあって、その方法を考えてみよう。

赤鼻の崖下には、トラックに二十台分くらいもある土がおし流されてきていて、六の背丈よりも高く積もっていた。六は、やわらかい土をけちらして、小山の上へ登った。懐中電灯の光で調べてみると、ほら穴の入口はすっかり土をかぶっている。これでは、おじさんと六がいくらがんばっても、土をとりのぞくだけで、夜が明けてしまうだろう。

草を分けて、人がくる。六は、あかりを消して待つ。

「おじさん？　それとも六、ちゃん？　わっちだ。」

ミキの声がした。闇の中できくと、ミキの声は低くてやわらかい。ことばが乱暴なだけだ。

「おれ、おれひとりなんだ、まだ。」

「どうしたのさ、この土。」

「上からきたんだよ、すっかり埋められちまった。」

「ひどいなあ。」

土の山を見あげて、ミキはうなる。手に持っている白い杖のような流木の枝で、そばにころがっている土のかたまりをつつく。

「穴ん中には、ぜんぜんはいれない？」

「だめさ。上にあるブルドーザーでも持ってきて、土を動かさないと。そうか。ケン玉も埋まっちまったな。」

「ううん、あれ返ってきた。」

「返った？　どうして？　どこから？」

「ミサキの人が拾って、にいちゃんとこさ、持ってきた。ほれ、穴の底におりてたとき、だれか、ここ、通ったでしょ。」

「あのとき、拾われたのか。じゃ、ここへきてたこと、ばれただろう。」

「うふ。しらっぱくれといた。」

「しかられなかった?」

「いいんだ。しょっちゅうおこられてんだから。」

こいつは困ったことになった。またひとつおじさんに相談しなければならないことがふえた。六は、肩をすぼめて、あたりを見まわす。おそい。いったい、おじさんはなにをしているんだ。

ふたりがだまってしまうと、海が鳴った。沖のほうから高い波がよせている。さっきのテレビでは四国沖を台風十七号が進んでいるといっていたが、北の海にも、もうその影響が出はじめたのかもしれない。

「おれ、おじさんの家に行ってみる。」

六は、ミキによびかけた。

「もう、八時半だから。ミキちゃんは帰れよ。」

白い杖で、ほら穴に近いところの土をかきわけていたミキは、だまって棒をなげだした。

六のほうへ近よってきて、いった。

「わっちも、行く。」

一時間後、六とミキは、西町の銀座通りにいた。銀座とよぶにはおかしいような、せまくて、ごたごたした商店街が続く「西町銀座」だが、この町では、たしかにいちばんにぎやかな通りである。

ネオンが「楽々小路」と空に文字を書いている横丁の入口で、六はミキをふりかえる。帰ったほうがいいぞというつもりなのだが、ミキは両手を胸の前でにぎり合わせてついてくる。

こんな夜、赤や青のネオンでドアのまわりを飾ったバーや、のれんをさげた焼鳥屋がならぶ町に、おじさんがきているか、六は半分疑っている。けれども、おじさんの家へ行って、おばさんに話をきいているうちに、こんなところへさがしにくることになってしまったのだ。おばさんは、六が四時ごろにかけこんできたことを、一度帰ってきたおじさんにつげたという。

「おじさん、どっかへんじゃなかったかい」と六がきくと、「べつに」という答えがおばさんから返ってきた。「それどころか、足がなおったら一杯やる約束だったなんてめずらしいことといって、山本外科の先生のところへ出かけていったわよ。」

まったくめずらしいことに、おばさんは、おじさんの行き先をはっきり、いった。外科病院へ行ってみたら、先生は、たしか患者さんだった男の人といっしょに、そのへんへ出かけたという。そのへんというのは、若い看護婦さんによると「この町じゃ、あそこしかないじゃないの。急患のときなんか、あたし、かたっぱしから店のぞいて、先生をさがすんだから」ということで、楽々小路へきてしまった。六も、ここにある店を、かたっぱしからさがしてやろうと思ったのだ。

「ミキちゃん、ここで待っててくれよ。おれ、この奥に知ってる店があるから、きいてくる。」

「知ってる店?」

ミキは、目をまるくした。

「ちょっとな。すぐ、もどってくる。」

六は、せまい道をいそぐ。夜の小路は昼間とはまるでようすがちがう。道の両側に箱型の看板、ちょうちん、のれんが、ずらりと列を作っている。バー・すばる、絵里花、エル・ド・ラド、青い鳥、三平、はまなす、ブルー・スカイ。それは、行ったことのない国の名前かなにかのようだ。人をさそう暗号なのかもしれない。六には、暗号がちんぷんかんぷんなだけである。

〈小菊〉の前に立った。六は、一つ息を吸った。香ばしい焼鳥のにおいがおそってきた。

「いらっしゃーい。」

ききおぼえのある、あの女の人の声だ。思いきって顔をつっこんだ。入口からまっすぐ奥へ走っているカウンターにむかっていた客が、首を曲げてこっちを見る。

「おばさん。」

六は、客たちのほうへは目をやらないで、中にいる女の人にいった。

「おい、こら。」

近くの客が、六のほうを指さす。

「おばさんとは、ひどいぞ。おねえさんといえ。おねえさんだよ、な、ママは。」

「いいじゃないの。この子から見れば、わたしなんか、おばさん。」

客にいっておいてから、女の人は「なあに」と、笑顔をむける。六は、そのあいだに、店の中をひとながめして、さがしている人がいないのをたしかめる。

「あのう、山本病院の先生、このへんにきませんでしたか。それと、もうひとり、背の高いおじさんが。」

「山本病院の？　あの先生ならときどきみえるけど、きょうはまだよ。もうひとりの人って、おつれ？　どんな人？」

「やせてて、年は四十くらいで、ここんとこにひげがずうっと。」

六は、耳の下からあごへかけて指でなぞる。

「あ、それから、左手の指が……二本たりない。」

「わはははは。」

さっきの男が、カウンターの厚い板をたたいた。

「そいつは見たことあるぞ。ひげと三本指、ギャング映画によく出てくるじゃねえか。」

まわりの男たちが肩をぶつけあってわらう。

「おねえさん」とよばれた女の人も、おかしそうに、口に手をあてている。

「どうも」といって、六は店を出た。きゅうに、ミキのことが心配になった。酒を飲みにきた男たちばかりが歩いている、こんなところにミキをひとりにして、おいてきてしまったのだ。

ミキと別れた曲り角で、酔っぱらいが騒いでいる。そばへ走っていってみたが、ミキはいない。

〈グランドバー・青い鳥〉のネオンが、ミキの立っていたあたりを、紫色（むらさきいろ）に染めている。

「ここだ、六ちゃん。」

小さくよぶ声がした。ななめうしろの建物と建物のあいだのせまい路地（ろじ）に、ミキがしゃがんでいる。ネオンのとどかない暗がりで、ミキは地面に手をのべる。よく見ると、そこにはネコがうずくまっている。白と黒のぶちになった、やせたネコだ。

「どうだった？」

「だめさ。やっぱり、かたっぱしからさがすしかない。」

「三十軒（けん）くらいあるね、ここ。」

「そうだな。どうする。」

「さがそうよ。」

小路（こうじ）の入口に近い一角からあたることにして、〈青い鳥〉の前をはなれた。〈青い鳥〉のガラス戸には、長い服を着た女の人が影絵（かげえ）のようにはりついていて近づきにくかったし、地の底からはいあがってくる音楽や人声が耳ざわりだった。こんなところで、最初の勇気をくじかれるのはいやだ。

歩いていく先のほうで、エンジンのうなる音がした。せまい路(みち)に、だれかがバイクを乗り入れてくる。黒い車体の正面から光をほとばしらせ、小路にあふれるさざめきを一瞬(いっしゅん)消してしまうような爆音(ばくおん)をたてる。白いヘルメットに黒いグラスをかけた男の頭が、光の環(わ)の上に浮(う)かびあがる。

見たことがある。この瞬間(しゅんかん)を感じたことがある。男がそばをすりぬけたとき、六は、夏休みがはじまる前の日の朝の十字路にひきもどされた。そうだ。あのバイクの男だ。

「あっ」とさけんだのは、六ではなく、ミキだった。男がふりむいた。

「にいちゃんだ。」

ミキは、六の手をつかんで、ひっぱった。ふたりで、走った。だが、男は、まわりの店につっこむかと思われる大回転をやって、追いかけてくる。

「待てっ、待てったら。」

あっけなく、追いぬかれた。

「きさま、じいちゃんをほったらかして、うろつくなって、きのう、いったばかりじゃねえか。」

ミキの兄貴は、どなりたて、バイクをけっておりる。六は、ミキをかばって前に出た。すると、ミキは六のわきをすりぬけて、さらに前へ進んだ。六のあごのあたりまでしかない小さいからだをそらせて、兄貴にむかう。

「にいちゃんこそ、どうしてこんなとこにいるのさ。工場に行ってる時間でしょ。」

「うるせえ。」

兄貴は、子犬にかみつかれてびっくりしたような表情になり、一歩さがった。

「そっちのやつは、こないだ、浜で、へんな野郎の知り合いだとかいったやつだな。ミキ、おまえ、なんで、こんなやつといっしょにいるんだ。」

「あ、六ちゃんは、ね。」

ミキは平気な顔で答える。

「学校でおんなじ組。」

「学校？　わらわせるなってんだ。学校になんか行かないくせに。」

ミキの兄貴は、まだなにかいおうとした。だが、さすがに、まわりの店や客の目に気づいて、声をおとした。

「ミキ、おまえは先に帰れ。」

ミキは、はげしく頭を横にふった。兄貴はそのミキには目もくれないで、六のそばへ寄る。

「おい、話があるから、つきあえよ。」

「いいよ。」

六は、兄貴の重い手を肩に引き受けて、あっさりいった。話といったって、どうせよくないことだろう。だが、ここで、おじさんをさがしている途中だなどといえば、この兄貴は邪魔をするか、わりこんでくるかするにちがいない。うっかりしたら、三人が秘密にしている遺跡の発掘のことまでかぎつけられてしまう。それに、六は六で、兄貴にいいたいことがある。あの衝突事故の相手とわかったからには、こっちこそ、話があるのだ。

「わっちもいく。」

ミキは六のそばをはなれない。

「帰れったら、帰れ。」

バイクを引いて、前を歩いている兄貴がにらみつける。六は、目配せをした。ひとりでだいじょうぶだ、ちょっとつきあってくる。

「わかったよう。」

ミキは、わざとらしくおこってみせて、その場に立ちどまった。

「くそ、なまいきばかりいいやがって。」

ミキの兄貴はいいすてて進む。ミキは六に手をあげて、横へ曲がってしまった。

兄貴は、小路の奥のうす暗い小さな店の横にバイクをおいた。〈ウタリ〉と木に彫りつけた看板が、その店の黒い扉を飾っている。ドアを引いて、ミキの兄貴はからだをわきにずらした。

「はいれよ。」

背中をおされて、店の中へ足を入れた。六は、じぶんがびっくりして目をつぶってしまったのかと思った。あたりは、手さぐりで歩かなければならないほど暗い。

「とまらないで、どんどん行け。」

耳のそばで、兄貴がいう。低い石の階段を二、三段おりて、大きな鉢植えの木のそばまできたら、穴ぐらのような店の内部が、やっと見えてきた。〈小菊〉の店にあったのと同じような長いカウンターが店の左手を仕切っていて、その中だけが少し明るい。

「あら、こんばんは。」

「かわいいおつれさんね。」

ふたりの女がカウンターの中から、そろってほほえみかける。

「銀ちゃんに弟さんいたの?」

もうひとりよりは、はっきり年をとったほうの女がきく。

「いねえよ。弟みたいな妹がいるけどな。」

ミキの兄貴は、六に一番奥のいすをあごでさして、じぶんはとなりに腰をおろす。

「そうなのよ。その妹がね、この人にはぜんぜん似ない、感心な子なの。ねたきりのじいちゃんの世話はするし、よく働くし。あんたなんか、ミキちゃんがいるから、毎日、そんなふうに飲み歩いていられるのよ。」

「ばかいえ。」

若いほうの女がいうのを、ミキの兄貴は大きな声でさえぎった。

「おれ、いつものだ。こっちにはコーラ。」

六の分も勝手に注文する。天井から落ちてくるうす青い光の中で、飲み物を作っている若い女の顔は、目も鼻もくっきりしていて、どこかミキに似ている。この人も、ミサキの人なのだろうか。ミキのことをよく知っているようだし。

「まあ、飲めよ。」

ミキの兄貴は、六の前におかれた飲み物を指さしていい、その手で、カウンターの上にあったマッチをとった。たばこに火をつけて、白い煙をはきだす。灰皿のそばに投げ出されたマッチに、六は、そっと手をのばした。黄色い地にウタリと太い黒い文字が浮きだし、つる草がからんだような模様が、あいたところを埋めている。ウタリとはどういう意味なのか知らないが、この模様は、アイヌに関係がある。そうだ。六年生の修学旅行のときに、旭川の郷土館で見た、アイヌがむかし着ていたというアツシ織りの着物には、赤や白や萌黄色の糸で、こんな模様がししゅうされていた。

突然、六は、おじさんが、ゆうべ下の穴で拾った虫の食った木のお椀を思い出した。あの器に、うっすらと線彫りしてあった模様、あれこそ、このアイヌ模様だった。おじさんは、それに気づいて、あんなにしつこくミキにたずねていたのだ。

「おい、えんりょするな。」

兄貴が、もう一度すすめた。

「うん。」

六は、足が床にようやくつく、高いいすの上で、身動きする。おしりが、どうも落ち着かない。カウンターのふちを手でおさえ、氷の浮いている長いコップに口をつけた。冷たいコーラが胃を流れる。いつも、ビンの口から直接飲むのとはちがった味だ。

ミキの兄貴のほうは、厚いガラスのコップの底に、氷といっしょに沈んでいる、薄い色のついた液体を、少しずつのどに流しこんでいる。

「六、だったな。おまえ、ほんとうにミキと同級か。」

「そうだよ。」

「担任は、だれだ。」

「熊谷先生。」

「ガヤか。あいつはましなほうだったな。」

ミキの兄貴は、ぐっと背をのばして、六を見おろす。

「いちばんいやなやつは、体育の〝鈍行〟だったな」兄貴は下くちびるをなめて、話しだす。「あいつ、ほんとうにどうにもならないくらいおそいんだぞ、じぶんじゃ走れるような顔してるけどさ。あいつとけんかしてなあ。地区対抗のリレーにミサキだけ出さねえんだ。文句いったら、町のグループに入れてあるなんていいやがる。選手を決めるときに走らせないで入れてあるもくそもない。社宅のやつらには、おべんちゃらばっかりいってよ、おれ、あのときから運動会に出るのやめたんだ。」

「運動会だけじゃなくて、学校もやめたんでしょ。」

若い女が、たばこのけむりを兄貴にふきかけてわらった。

「ああ、やめたさ。やってもいないのに泥棒になんかされて、学校になんか行けるかよ。おい、六。おまえ、北の岳って知ってるだろ。」

「うん。こんど張出し大関になったの。」

おばばがテレビでよく相撲を見るから、六も、その関取は知っている。

「あいつは、おれたちの先輩だぞ。おれが二年のときだったかな。まだ幕下で巡業にきて、学校によったんだ。校長は、すごく喜んでよ。手形っていうのか、あれもらって校長室の壁にかけた。おれだって、のぞきに行ったさ。だけど、あったらもの、盗む気になんてなるもんか。そいつがなくなってよ。」

「あれ、すぐ出てきたんじゃなかった?」

「出てくれば、おれに疑いをかけたことはどうでもいいっていうのか。」

ミキの兄貴は顔を赤くして、若い女にむかっていく。

「だいたい、おれが泥棒にされた理由はかんたんなんだ。アイヌだからよ。」

兄貴は、コップをとって、じぶんのことばをのみこむようにぐっとあけ、苦い顔をした。

「おかわり。」

若い女は、だまって、新しいコップに酒を注ぎはじめる。

「おれはな、手形を見てたとき、『あれと、おれの手とくらべてみてえな』っていっただけなんだぜ。それきいてて、だれかが、先公に密告しやがったんだ。六、おまえ、どう思う？」

「……くらべてみたいなんて、おれも、いいそうな気がするけど。でも、それだけで、先生まで。」

「先公なんて、はじめっからそういう目で見てやがるんだ。アイヌだってことを気にかけるな、なんていってよ。」

兄貴は、新しいコップの酒を、一気に半分くらい飲んでしまった。

「どいつもこいつも、シャモは生まれたときから、色めがねでアイヌを見てんだ。学者なんかもよう、じぶんがアイヌじゃないから、安心して、むかしのことでもなんでもほじくりだすのさ。おまえの知り合いとかっていうあのおやじ、あいつだってそうだろ。つまらねえこと調べて、えばってるようなやつは、おれ、きらいだ。だから、シャモなんて、ひとりも信用できねえ。」

「銀ちゃん。あんた、そんな子ども相手に、なにいってるのさ。いいかげんにしてよ。ほかの人に迷惑よ。」

六と兄貴のあいだへ、若い女がねじこんできた。

「迷惑なら、出てけばいいじゃねえか。耳が痛いんだよ。な、真歌、おまえだって、シャモにいじめられたことあるだろう。」

「真歌ってよぶのはやめてっていってるでしょう。わたしは歌子、ここでは歌子なの。」

「おっかしくて歌子なんていえるか。おまえは小さいときから真歌、まっくろけの真歌、店の名前がアイヌ語の〝仲間〟で真歌がどうして歌子になるんだよう。ママさんがそういったのか、シャモの名前にしたほうがよびやすいって。」

「わかってないわねえ。もう、酔っぱらってるの。そんなこといったら、あんたのおつれさんだって、シャモじゃないのさ。」

女は、いじの悪い目つきになって、六と兄貴を見くらべた。

「そうだよ。こいつがミキの友だちだっていうから、おれ、こういうことをきかしておきたいと思って、つれてきたんだ。おい、きいたか、六。」

「うん。」

六は、とっくにからになっていたコーラのコップを、おしやった。

「でも、おれ、ミキちゃんがアイヌだからって、どうとも思っていない。それから、あのおじさんだって、ただめずらしいからアイヌのこと調べてるのとはちがうと思うよ。うまくいえないけど、あのおじさんが調べてるのは、アイヌのことだけじゃなくて、むかしの……。」

コーラにも、なにか口がすべりやすくなるものがはいっていたのだろうか。それとも、兄貴(あにき)につられて、しゃべっているのか。六は、じぶんがもっとなにかいいだしそうな気がしてくる。いけない、あとのことは、おじさんに話すことだ。六は、席を立つ。兄貴は、六の両腕(りょううで)をつかんだ。

「うそだ。おまえがいったことはうそだ。ミキがアイヌだってことも、おまえ、知らなかったろう。」

「知ってたよ。」

「じゃあ、きさま、おれを信用するか。おれがついてこいっていったら、ついてくるか。」

兄貴の顔は、赤くどろどろしているが、正面にすえた目はまだ酔(よ)ってはいない。

「行くよ。ついていく。」

六は、思いきっていった。

「ようし。」

兄貴は、しばらく考えていて、シャツの胸ポケットからボールペンをはずし、たばこの箱の裏に、なにか書きはじめた。

11　町が燃えるぞ

トタン屋根の上で、小さい足音がした。赤茶けて浮きあがっているトタン板をふんで歩く音が、一足一足、近づいてくる。

ミキノクロネコダ。ナニヲシニキタンダロウ。六は、からだをおこそうとするが、手も足も鉛になってしまったように重くて、ほんの一センチも動かせない。霧がかかった頭の中に足音だけが高くなったり低くなったりしてひびき、屋根裏べやの軒端でとまった。頭をおしつけてねている壁の、窓の外の暗闇にけものがしのびよる。ガラスごしに二つの目が光る。

六は、重石のように胸をおさえつけていたふとんをはじきとばした。まぶたにからみつくねむ気とたたかって、やっと半分目をあける。

ガラスが一枚はまっている小さい窓のむこうは、うす青い朝空である。闇のおりていたスライドが、夏の陽が輝きはじめた明るいスライドにいれかわっている。あんなにはっきりとした足音をたて、目を光らせていたネコも消えうせている。

六は、ふとんの横にある低い机にはいよって、おいてあった腕時計に顔を近づけた。しまった！　六時だ！　ミキの兄貴が、本町の舟着場へこいといった時刻じゃないか。目をさまさせてくれるだろうと、あてにしていた階下の機械の音も、とっくにやんでいる。だめだ。いまから行っても、おそい。胸でわめく声をおさえつけて、シャツとズボンをつけた。仕事場をかけぬけるとき、できたてのとうふから、まだかすかに湯気がのぼっているのが、目にうつった。おばばもおばさんも、朝の仕事が終わって奥へ引っこんだところだ。

どんなにいそいでも、二十分か二十五分はかかりそうだ。ゆうべは、三十分かかるとみて、五時半には家を出るつもりでいたのに。六は、自転車にとびのる。

国道36号線と37号線との交差点にきた。六は37号線へと折れる。あの朝、ミキの兄貴が、黒いヒョウのように背中をまるめてとんできた道である。ゆうべ、ウタリの酒場で、六は、そのときのことを兄貴に問いつめたが、兄貴は、にやにやわらってばかりいた。

「そういわれりゃ、そんなことがあった。あれ、おまえだったのか。悪いことしたな。」

二週間も前に、六と衝突していたことを、ひどくおもしろがっている口調で、
「バックミラーが二本？　一本はおまえが返せや。半分はおまえも悪いんだからな。ま、それは、こんどの給料日でいいさ。あしたの朝は早いから、もう帰ってねろよ。」
兄貴はそういって、酒場を動かなかった。

道は、家がならぶ地区をはなれて、海を埋めたてて作った石油基地のへりにそってのびていた。右手は崖、左手には白銀色に光るタンクのむこうに、海が見えかくれする。学校の丘からは対岸に見える、港の北側へやってきたのは、はじめてだ。うちのおじさんが、ときどき釣りにくるという北防波堤はあれだろうか。六は、こまかく波立つ水のひろがりを、遠くでさえぎっている白いコンクリートの壁をながめる。

休みなく動かしている両足がつかれてきた。ポケットに放り入れてきた腕時計を出して見ると、六時三十分を過ぎている。兄貴は、もう待つのをやめてしまったかもしれない。

まわりの地形は、兄貴がたばこの箱の裏に書いた図に似てきた。石油会社の埠頭と荷揚げ会社のそれとのあいだに、深く入りこんだ舟着場が見えた。

蘭内通船待合所と書いた板切れのうちつけてある小屋の前で、自転車をおりた。小屋の中は静かで人気がない。六は、その先にある桟橋まで走っていった。発動機のついたボー

トが、油の黒いすじのある海面に、二そう浮かんでいるだけである。埠頭にも人の影は見あたらない。

油の輸送管が走っている石油会社の岸壁は、遠くまで見わたせた。六は、荷揚げ会社のごたごたした埠頭へいそぎ、いまにも動きだしそうに見えたクレーンのそばへ足を運ぶ。倉庫のまわりをまわってみる。山から切り出してきた太い丸木を積みあげた上に登った。石炭をもった三角型の山にも足あとをつけた。「舟着場にくれば、わかるさ。いいから、こいよ。おまえ、このおれを信用してついてくるっていったじゃねえか。」ミキの兄貴はそういった。あれは、六をためそうとした冗談だったのかもしれない。だれもいない、こんな埠頭に朝早くから、よびだすなんて。

六は、桟橋にもどった。近くの水路を、黄色いマストの大きな船が、ゆっくりと動いていく。舟の横腹に「海上保安部」と黒いペンキで記してあるランチが、波をけたてて通る。港は、もう活動をはじめている。石炭や石油や鉱石を積んだ船が、沖に姿をあらわしている。くさったような水のにおいを、六は最後に一息深く吸いこんだ。兄貴にあえなかったのは、しかたがない。三十分以上もおくれてきたじぶんが悪いのだ。待合所の前に、人がやってきた。釣り竿と小さいバケツをさげた、あまり若くない男である。切符売り場に出ている港内めぐりの遊覧船の時刻表を見あげては、小屋の前をうろうろしている。六は、男の視線をあびながら、とめておいた自転車を引っぱって、国道までの短い急な坂道を登る。

突然、空が割れたかと思うような爆発音がとどろいた。あたりの空気がびりびり鳴り、地面がふるえる。思わず、耳に手をあて、坂道にひざをついていた。ガス爆発、いや、ここは炭鉱じゃない。港だ。音は、岸壁のむこうでおこった。

まっくろい煙が、右手の海の上空へ、のぼっていく。のろしのようにぐんぐんかけあがる。炎も吹きあげている。石油タンクとタンクのあいだに見える海面は、それこそ火の海だ。

「おい、タンカーだ。タンカーが爆発した。」

待合所の前にいた男が走ってきて、六にいった。男と六は、先を争って国道へ出た。

煙と火の中に、平べったい、長さ二〇〇メートルはありそうな鉄の船が浮かんでいる。男がいうタンカーだ。

消防車のサイレンがきこえてきた。こっちは、猛烈なほこりをたててくる。たて続けに八台ものポンプ車が、うなりをあげて走っていった。

「あんなもんじゃあ、消せないぞ。タンクに引火したら、ことだ。西風ときてるわ。」

「あぶないなあ。」

岸壁にならぶタンクに火がついたら、いまおこった何十倍もの爆音と爆風とが、この一帯をおそうだろう。海からの風にあおられて、黒煙は埠頭を包みはじめ、油煙のにおいが流れてきた。

消防車と救急車が、つぎつぎにかけつけてくる。その音にまじって、発動機の音がした。舟着場に小さいボートがはいってきて、乗っていた男が桟橋にとびあがった。

「はねられるぞ。こっちによってくれ。」

またもや突進してきた消防車を見て、さっきの男が六に注意した。ちょっと目をはなしたすきに、坂の下の舟着場には、舟からおりた男の姿はなくなっていた。

発動機の音が、またおこった。六のそばにいる男も気がついて、あたりを見まわす。どこにも人影はなく、舟着場のボートは、どれも桟橋につながれて静かである。音はますます高くなり、待合所の裏から、バイクがとびだした。

「あっ。」

六は、走ってくるバイクにむかって、かけだした。ミキの兄貴だ。やっとあえた。手をふってとめようとするのに、兄貴はいきおいをつけて坂をあがってくる。

「にいちゃーん。」

目があった。だが、兄貴はよろめくように車体をかしげて、六をかわした。坂の上でとまってくれるのかと思ったが、そうではなかった。棒杭（ぼうくい）みたいにつっ立っている、釣（つ）り姿の男のわきをすりぬけて、バイクは西町のほうへむかう。

六は、自転車にとびのって、あとを追った。兄貴のバイクは、スピードをあげた。六が十メートルもいかないうちに、ほこりっぽい道の先に小さくなり、消えていった。

町中がサイレンと人とで埋（う）まっているなかを、六はやっと走りぬけて、とうふ屋の前にたどりついた。

「おや、まあ。おまえ、いつのまに出ていったんだい。見に行ってきたんだろ。」

六は、表の道ばたで近所の人と話をしていたおばばにつかまった。

「こんなに大騒（おおさわ）ぎしてるのに、おまえがおきてこないから、へんだと思ってたんだよ。どこまで行ってきたのさ。」

「本町。舟着場（ふなつきば）のところから見てきた。」

「あんなところまで行ったの。立入り禁止じゃなかった？　おむかいの人が、さっきそういってたわよ。」

ふとん屋の若いおかみさんが、六とおばばのあいだに、顔をつっこんできた。

「そこからだと、どんなふうだった？」

「まっかな炎がさ、海の上から、そうだな、三十メートルくらいもあがって、ごーごーいってるんだ。油が燃えるのって、ものすごいから。おまけに、きょうは西風だろ、岸のとこにならんでるタンクに燃えうつって爆発するかもしれないってさ。」

「うわあ、どうしよう。」

ラーメン屋のおばさんが、背中の赤ん坊をゆすりあげながら、いう。

「油の鍋に火がはいったって、そりゃあ、すごいからねえ。六ちゃん、タンカーってのにはドラムカンがごろごろしてるんでしょ。おそろしいわあ。」

「ドラムカンなんか積んでるんじゃないよ。船全体が石油の倉庫みたいになっててさ、岸壁にぶつかって穴があいたところから、油が流れだしたんだと。それに火がついて、船に引火したのさ。」

それは、どれも、火事見物にくり出した人の中をかきわけてくる途中、耳にはいった話だ。

「そうかい。そうなっとるのかね。」

おばばは、感心してきいている。おかみさんたちは、顔をよせ合い、六のまわりに垣根をつくる。

「それじゃあ、いま、また爆発がおこったのは、どういうわけ？」

「それは……それは、さ。でっかい船だからあっちこっちで爆発すんだよ。」

六は、にげ腰になった。ぼろがでないうちに、おかみさんたちの包囲をやぶらなくてはいけない。

「朝めし、まだだろ、茶の間に出してあるから、食べておいで。」

おばばは、家の中にはいろうともしない。

ひとりでごはんをほおばっていると、屋根の上をヘリコプターがとんでいく音がした。外では、子どもたちやおばさんたちが騒いでいる。そのうちに、物音は、少しずつ消えていった。もうサイレンも鳴らない。消防車は全部出動してしまったのだろう。

「表に友だちがきてるよ。」

おばばが、はいってきた。

「はいんなさいっていっても、立ってるんだから。恥ずかしがってるのかね。」

川田が恥ずかしがってるって。あいつ、このあいだは、ずかずかはいってきたくせに。

六は、茶わんを台所に運び、それで水道の水を飲みながら、考えた。どうせ、火事を見にいこうとさそいにきたんだろう。タンカーが燃え続けるのを見てもみたいが、もういちど、あの人波をかきわけて、ほこりの立つ道を行く気はしない。それよりも、ミキの兄貴のことが気になる。川田をことわって、あっちへ行ってみよう。人をよび出しておいて、置き去りにするとは、どういうことなのか、やっぱりきいてやりたい。さっきは、腹が立って、兄貴を追ってなんか行くもんかと思っていたのだが。

六は、大またで店へ出ていき、表口から外をのぞいた。

「あれっ、ミキちゃんか。」

強くさしはじめた光の中に立っていたミキは、大きな目でわらい、長い髪を二本に分けて編んだおさげを、両手で引っぱった。

「いま、きみんちへ行こうかと思ってたんだ。にいちゃん、どうしてた?」

「けさは、コンブとりさぼってねてたみたい。……それより、わっち、ゆうべ、おじさんにあったよ。」

「ほんと。あれからさがしに行ったのか。」

「まん中へんの、ちっちゃいおにぎり屋さんにいたわ。」

「おじさん、なんていった？　ほら穴が埋められたっていったら。」

「それがね。埋められたの、見てたんだって。六ちゃんも知ってると思って、浜にはこなかったんだと。がっかりしたわ。おじさんったら、なんともない顔してんだから。土の中に埋まったものは、土が守ってくれるとかなんとかいってさ。」

「なんだって！　じゃ、あそこが埋められても、いいっていうのかい。」

「……知らないけど。」

ミキは、じぶんが悪いとでもいわれたように、うつむいた。

「よし、おれ、これからおじさんとこに行く。友だちのおやじさんにたのんで、あそこをなんとかしてもらえるかもしれないんだ。」

「友だち？　そんな人知ってるの。」

「そうさ。おれ、おじさんみたいに、はじめっからあきらめたりしないんだ。いっしょに行ってくれるだろ。そのあとで、にいちゃんにあいに行きたいんだけど。」

「うん。いいよ。」

六は、裏へまわって自転車を持ってきた。ミキが歩くのにあわせて、ゆっくり走らせる。さっき、おばばは、ミキが恥ずかしがって、店の中へはいらなかったといった。ミキは、そんなところで恥ずかしがる女の子なのか。ゆうべは、浜からいそいで町へもどるために、ミキを自転車のうしろに乗せてやった。夜だったし、人通りもなかったし、なによりも早くおじさんにあいたいという気持で、ふたりはせいていた。でも、いまは、どういうわけだか、「乗れよ」ということばが出てこない。

六の自転車は、少しずつ早くなり、先を走りはじめる。十メートルも先へ行って、大きな輪をかきながら、ミキを待つ。白っぽい、さっぱりしたワンピースにゲタばきのミキは、アスファルトにゲタの音をひびかせて、小走りに追いかけてくる。

貸本屋のせまい店の中では、夏休み中の子どもたちがおおぜい、騒いでいた。相手をしていたおばさんは、六の顔を見るなり、いった。

「奥にいるわ。裏口からあがっていって。」

六のことは、貸本屋のお客ではないときめているようだ。そういえば、ここへはずいぶん出入りしているのに、本を借りたことはまだ一度もない。出口鶴平おじさんの店、「つる文庫」の、つるが片足で立ち片足で本を読んでいる判をおした会員証はもらったのだが。

六はミキに「あがれよ」と声をかけて、どんどん奥へ行った。

「おう。」

新聞を見ながら、ごはんを食べていたおじさんが、顔をあげていった。

「そろってきたな。さ、こっちにすわれ。」

「朝めしかい、おじさん。おそいんだなあ。」

六は、ちゃぶ台から少しはなれて、おじさんのむかい側にすわった。

「どうだ、いっしょに食わないか。まだ、昼めしには少し早いか。」

「おれは、いい。いらない。」

「わっちも。」

ミキが横から、小さい声でいった。

「おじさん、話してもいい?」

「なんだい。いってごらん。」

六は、友だちの川田が、ゴルフ場の工事をしている建設会社の社長であるおやじさんにあえるようにしてやってもいいといっている、と話した。いちばんてっとりばやく、あのほら穴を救い出すには、おじさんと六とで、その社長にあうことだ。おじさんは、あのほら穴が、むかしの人の生活を知るのに役立つ貴重なものだということを、うまく話す。たった一晩掘ってみただけで、あそこをあきらめてしまうのは残念だから。

「そこまで考えてくれたのは、うれしいんだがね。ちょっとおそかった。きみたちも行ってみただろう。すっかり土の中だ。」

「あの機械でやれば、土なんかとってしまえるよ。」

おじさんは、はしをおいて、六をなだめる手つきをする。

「やればできなくはないかもしれん。でも、おれは、こうなることはかくごしてたんだ。もちろん、ほかにもやり方はあったさ。それはな、六には前にちょっと話したが、文化庁というお役所にたのんで、ちゃんとした発掘をやってもらうことだ。そうして、あのほら穴は埋めてしまってもいいのか、保存すべきか、きめてもらう。」

「じゃあ、おじさん、それをどうしてやらなかったのさ。」

「ところがな。そこまでやってみたとしても、だめなときはだめなんだ。ゴルフ場のむこうの丘の遺跡は、ちゃんと調査をした。このへんの高校生や先生たちが、掘っているのをおれも見物したんだ。遺跡は一つや二つじゃなく、もっとあるだろうという報告も出た。でも、それを調べたり掘ったりする予算も人もたりない。こんどの工事はゴルフ場だからまだいいくらいで、北側のほうなんかは分譲地になってしまったんだ。会社を停年になった人が社宅を追い出されたら、家を建てなくちゃならないからな。」

六は、丘という丘のてっぺんまで家がならんでいるこの町を、教室の窓からながめていつも考える。見晴らしはいいかもしれないが、丘の反対側にこぼれ落ちてしまいそうなところになぜ家を作るんだろう。雨が降れば地盤がゆるんでくずれてきそうな崖の下にどうして住むのだろう。もちろん、住むところがないからだ。土地がないからだ。遺跡の上に家をたててしまうのは、そんなことを考えれば、しかたがないことなのかもしれない。

「おれたちからすれば、なにもあそこにゴルフ場を作らなくてもと思うけれど。」

おじさんが、いった。六は、おしりを浮かして、「そうだよ、ゴルフ場は……」といいかける。

「いや、ゴルフ場でよかったんだ。けずったり埋めたりしたところもあるが、あの住居跡は土の下になっただけで助かったからな。おれたちのほら穴は、少しねむることになったわけだ。また、いつか掘りおこせる。おれたちではなくとも、だれかが掘って光をあてればいい。おれは、あそこにこういうもんが埋まっているっていうことを、書き残しておく。」

「そうかなあ。それでいいのかなあ。」

六は、となりにいるミキに鼻をふくらませてみせた。きゅうくつそうに足を折ったミキは、首をかしげる。なんだかわからないといっているのか、だめだねということか、たよりにならない。

「おれ、あの下の穴も掘って、むかしのことをさがしてみたかったな。がっかりだ。」

いまになってみると、ほんとうにそう思われる。おじさんとミキと三人で、もっと掘ってみたかった。

「それはやれるさ、六。あそこの続きをやればいいんだ。あのほら穴に最後に住んでいたのはアイヌ民族だ。おれが、冬の家じゃないかと思うっていったろう。おとといは、それを裏付けるようなものを二つ、三つ見つけたからな。こんどは、夏の家だ。夏の家をさがそうや。」

ふだんはねむっているように細いおじさんの目が、底のほうできらっと光る。

「そうだ、ミキちゃん。あんたんとこの裏に横穴があるだろう。あそこ、なにかに使ってるのかい。」

「穴？　うちの物置のとこ？」

「物置、そうか。こんど、いっぺん中を見せてくれないかな。」

「……うん。だけど。」

ミキは、だまっている六と目を合わせ、困ったようにひざがしらをおさえた。

ろうかをいそいでくる足音がして、おばさんがへやにはいってきた。

「あら、テレビつけてないの。ニュースやってるわよ。ほら、タンカーの火事、どうなってるのか、見ましょう。」

「なにも、そう大騒ぎすることはないさ。」

いいながら、おじさんは立っていって、すみにあったテレビのスイッチをいれた。

「――爆発をおこして炎上中のハイムバルト号右舷第一、第二船倉の火は、やや衰えをみせはじめましたが、なお引き続いて他の船倉が爆発する危険があり、消火は依然として困難をきわめております。」

「まあ、全国ニュースになってるわ。」

「あ、燃えてる。すごい煙。」

おばさんとミキが声をあげて、からだを乗りだす。

「――負傷者は市内の病院に収容されました。なくなった五人のうち、三人はノルウェー国籍の乗組員、ふたりは着岸作業のため北隆丸に乗っていた日本人で、つぎのかたがたです。また、ハイムバルト号乗組員の五人が行方不明になっています。」

画面に白く浮きだした死亡者の名前は、四、五秒のあいだ、茶の間をしんとさせた。六には、見えてきた。うなりをあげて走る消防車のあいだを、さらにぬうようにしてとんでいった救急車の白い車体と赤いランプが。そして、その光景をぶちこわして、黒いバイクがあらわれる。

「一方、日石蘭内製油所内に設けられた災害対策本部では、火災の原因について調査をはじめました。第一回爆発当時、七時三十分ごろですが、この付近の海上、および北防波堤、本町舟着場などにいて、事故を目撃した人の協力をもとめています。」

アナウンサーは、そこでつぎのニュースにうつった。おばさんは台所へ立っていき、おじさんは、たばこに火をつける。

六は、立ちあがった。テレビの前にすわって、まだ画面をくいいるように見つめているミキをせきたてた。

「あら、つめたいもの飲んでいかない。」

おばさんがいうのにも、「こんどにする」と答えて外へ出た。

「どうして、そんなにいそぐの。」

ミキが、まゆをよせていった。

「にいちゃんなら、まだねてるよ。出番がおそいときは、いつも昼過ぎなんだから、おきるの。」

「早くあいたくなったんだよ。」

それ以上はなにもいわないで、ミキに自転車の荷台を指さしてみせた。ミキはためらったが、思いなおしたように横ずわりになった。六は、道の先のほうへ目をすえつけて走る。

「おじさん、へんな顔してた。」

ミキが、うしろでいう。

「いいんだよ。」

いまは、とても、おじさんと夏の家をさがす相談なんかする気になれない。

「ゆうべ、にいちゃんとなに話した？」

こんどの質問も答えにくい。ミキの兄貴が、衝突事故の相手だったという話も、兄貴が酒場のカウンターをたたいてしつこくくり返した「アイヌだから」という話もしたくない。

「なに話したかわすれた。だけど、けんかにはならなかった。きょう、あう約束なんかしてしまったんだ。」

ミキは、だまった。ときどき、じぶんの重さを気にするように、そっとからだを動かすが、口はきかない。さっきからずっと、太いまゆ毛を一本にひきよせたままかもしれない。

海が見えた。磯の香りが鼻腔にしみいってきた。ミサキの入口で、ミキはいった。

「ここでおりる。にいちゃん、よんできてやるから、待ってて。」

六は、砂浜にできた潮だまりのそばにしゃがんだ。五十メートルほど先で、きょうも女たちがコンブ干しをしている。干し場の竿にも砂浜にも、褐色の干し物がびっしりならんで陽をあびている。そのむこうに小高い緑色の丘がうずくまっていて、はしのほうから黒煙があがっていた。港の大事件ののろしが、ここからは山火事のように遠く見える。ミサキの家々は静かで、テレビやラジオの音はしない。くずれそうな家の屋根にも、二本ばかりアンテナがあがっているのだが。

「にいちゃん、いないわ。」

ミキが、もどってきた。

「もう出てったんだって。工場に行ったんだろうか。ごはんも食べてないんだ。」

「そう。」

「へんなにいちゃん！　いつもいまごろまでねてるのに。」

六は、たしかにへんだといいたいのをおさえる。

「ほんとにごめん。にいちゃんに、なんかいっとく？」

「いい。おれ、またくるから。」

六は、ミキによけいなことをかぎつけられないように、さっさと別れた。


「ほら、また、ニュースをやってるよ。」

「どれ、どれ。」

おばばによばれて、おばさんが店から奥へかけこんでいく。六は、仕入れたとうふを自転車の荷台にくくりつけていた。テレビを見に行こうかどうか、迷う。浜の女たちが、いつもとかわりなく働いていた姿が頭をかすめる。

「騒ぐことはないさ。」

貸本屋のおじさんがいっていたのと同じことをいってみるが、落ち着かない。

「全国ニュースのほうは終りだよ。」

茶の間に顔を出したら、おばばがいった。

「朝とはちがう船倉が、また爆発したんだって。本町の人たちは、避難してるってさ。」

「でも、三沢基地のアメリカさんが、空から薬まいてくれるそうだから。」

おばさんとおばばがかわるがわる、六に話しているうちに、テレビには、地方局のアナウンサーが出てきた。

「――海に流れた油が燃えだした直接の火元はつかめておりませんが、付近の海上にいた舟の火や釣りをしていた人のたばこの火とも考えられ、この方面のききこみを続けています。また、事故の直後、港内から本町の桟橋にボートをつけ、かくしてあったらしいモーターバイクで西町方面に走り去った男を目撃した人がおり、本部では事件となんらかのかかわりがあるのではないかとみて、捜査をはじめました。男は二十歳前後、工員風で青いシャツを着ており、浅黒くずんぐりしたからだつきで、まだ新しいバイクに乗っていたということです。」

六は、テレビの前に腰をおとして、画面をくいいるようにみる。「工員風、二十歳前後、バイクの男」という字が、いまにもミキの兄貴の顔にかわるようで、からだがふるえる。

あの兄貴が……。海の上で、油の流れてきたところに、うっかり、たばこの火を。だから、だから、あんなにあわてて。

「どうしたの。出かけないのかい。」

おばさんが、うしろでいった。テレビの画面はかわって、ひげのさむらいが、こっちに槍（やり）をつきつけている。

六は、自転車を引いて、表通りに出た。そこから、まっすぐ工場にむかった。

いまは、ミキの兄貴（あにき）を追っているのは、六だけではない。もし、警察（けいさつ）が、テレビでいっている男がミキの兄貴であることをつきとめてしまったら、めんどうなことになる。そうなる前に、六はミキの兄貴にあって、その口から、ほんとうのことをききたい。

六は、正門の守衛（しゅえい）のところへ行って、よび出しをたのんだ。

「陸運の違星（いぼし）？」

「そうです。」

「違星なんというんだ？」

「あのう、銀……。」

「女かね。」

「いいえ、男です。」

「そうださな。陸運に女はいない。」

黒っぽい制服の守衛は、きまじめな顔でうなずきながら、名簿をめくる。

「違星っていうのはいないね。臨時雇いじゃないか。下請けの。」

「そうですか。」

六は、小さい声になる。

「下請けはね、正門からは出入りしてないんだ。二門へ行きなさい。あそこは、そういう人だけを通すところだから。」

いったい、どういうことだろう。同じ工場で働いているのに、うちのおじさんは正門からはいり、ミキの兄貴は二門からはいっているのか。二門といえば、ここからは少しはなれた、工場の裏口といった感じのところだ。

六は、そこへ自転車を走らせた。

「急用って、なんだね。」

二門の守衛は、構内電話のダイヤルをまわしながら、きく。

「ぐあいが、悪くなったんです。あの、おじいさんの。」

「そいつはたいへんだな。……あ、きてませんか、どうも。」

受話器をおいて、守衛はいった。

「無断欠勤だ。ときどき、やるらしい。」

「どうもありがとう。おじさん。」

六は、汗をぬぐいながら、門をはなれた。自転車をこぎだそうとしたら、白バイが一台、通り過ぎた。なにが、そんなにいそがせるのか、こおりつくようなサイレンをひびかせて、遠くなった。

12　信じるか信じないか

六は、荷台にとうふを積んだまま、半島への道を走っていた。

仕事に行ったのかと思っていた兄貴は、工場の門をくぐっていない。きのうもさぼってウタリの酒場で飲んでいた兄貴だ。守衛のおじさんが、ときどき無断で休むといったのは、しょっちゅうといいかえてもいいくらいなのかもしれない。だが、もし、兄貴が、工場にはいる前に、どこかでニュースをきいて、行くのをやめたのだとしたら。兄貴は、ほんとうに、あの事故と、なんらかの関係——とアナウンサーはいった——があるのではないか。

六は、けさから見たりきいたりしたことをたどってみる。

本町の舟着場に六がすべりこんだのは、六時四十分ごろ、それよりまえに、ミキの兄貴は桟橋にあったボートの綱をほどいて、港内に出ていったはずだ。着岸しようとしていたタンカーが岸壁にぶつかって油が流れだしたのは七時十分ごろで、海面の油に火がつき、タンカーの船倉が爆発したのは七時三十八分だとテレビではいっていた。そして、兄貴は、爆発のすぐあと、舟着場にもどってきた。

待合所にあった時刻表では、港内めぐりの遊覧船は一時間ほどで港を一周することになっていたから、ミキの兄貴も港内にいた約一時間のあいだに、あのボートでどこへでも行くことができたはずである。

六には、蘭内港の埠頭がどんなふうにいりくんでいるのか、海の上はどこからどこまでどのくらいの時間で走れるのか、くわしいことはわからない。それでも、兄貴が桟橋にもどったのは、爆発音がしてから十分とはたっていなかったところをみると、タンカーの浮かんでいた海上近くにいたのだと考えることはできると思う。

せまい道の片側に軒をならべているミサキの家の前を、六はわき目もふらずにいそいだ。屋根の上に板きれや石をのせたミキの家は、前にきたときよりも、小さくかがみこんで見えた。どこかに兄貴のバイクがとめてあるのではないかと思って見るが、ない。

戸口は、あけっ放しになっている。入口の土間にはわずかに陽がさしこみ、奥は歯のぬけた年寄りの口の中のように——まだ顔を合わせたことはないが、そこにねているというじいさんの口の中のように、すっぽりと暗い。うす気味が悪くて、声をかけるのが、ためられる。

「なにしにきた。」

白いランニングシャツが動いた。兄貴だ。ジーパンをはいた足が、土間の明るい中にあらわれる。

「おまえ、ひとりだろうな。」

「うん。」

六がそばへよろうとすると、兄貴は戸口にからだでふたをした。

「むこうに行こう。」

先になって道に出る。兄貴は、六が、いま通ってきた浜からの道をながめ、反対のほうへ歩きだす。そっちのほうは、もう道がない。草の中に人が通ったかすかな跡が、ついているだけだ。ミキの家は、間近に迫った崖にかこまれていて、その家の前でミサキの道は終わっていた。

兄貴はかさばったものをかかえ、からだを二つに折って急な崖ぎわを登っていく。おくれないでついていこうとすると、六は、イヌのように口をあけて荒い息をつかないではいられない。登るかっこうも、四つんばいだ。ようやく、ミキの兄貴が立ちどまって、かかえていたものを足もとに投げだした。車にかける草色のシートのような布をまるめたものである。

「すわれよ。」

そういわれても、ゆっくり腰をおろせるような場所はない。下を見ると、切りたった崖に波がしぶきをあげて打ちつけている。うずまく水の色が青黒い。ここは、崖の途中にせりだしたせまい岩だなだ。六は、兄貴とならんで、土がこぼれてくる崖に背をおしつけてすわった。

「とんでもないことになった。」

兄貴は海にむかって顔をしかめる。

「まさか、おまえじゃないだろうな。火事の犯人はバイクに乗ってた男だなんて告げ口したのは。おまえか、あそこにいた通船のやろうか、どっちかしかいねえんだ。」

「ちがうよ。だって、おれ、そんなことぜんぜん考えなかったもの。」

「うそいえ。」

岩にぶつかる波の音が、ひびく。それは地ひびきになって、からだのしんをゆすぶる。

「いま、おまえが家の前に立ってたときの顔は、犯人の家を探りにきたって顔だったぞ。

おい疑ってるくせに、そうじゃないようなふりはするな。てめえがおくれてこなかったら、もっとどうにかなってたかもしれねえんだ。」

「ごめん。おれ、目がさめたら……。だけど、ほんとのこといって、どこで、なにしてたんだい。それから、おれをどうするつもりだったのさ。」

「ききたいか。おまえ、おれの話、信用するか。」

兄貴の目の底で、ぼおっと燃えている火にむかって、六はせいいっぱい大きくうなずいた。

「じゃ、話してやる。びっくりするな。」

ミキに似た厚いくちびるが、ゆがむ。六は、からだをかたくして、それを見守る。

「おれはな、酒盗みに行ったんだ。会社の埠頭のそばに税関の事務所があって、そこによく洋酒がおいてあるんだ。税関の若いやつにきいたんだけどよ、その酒、外国船の船長が会社の上のやつにプレゼントしたのの上前をはねたやつなんだ。やつら、しょっちゅう、あそこで、いい酒飲んでる。ジョニ黒なんてのは、バーで一杯何千円ってやつだ。」

「ゆうべ飲んでたお酒？」

「ばか。おれが、そんな高い酒飲めるもんか。ちぇっ、なんの話、してるんだ。」

ランニングからはみだしている濃い胸毛を、兄貴は大げさにかきむしった。

「ついてねえんだな、おれは。そいつをちょっといただきにいったばっかりに、火事の犯人なんかにされちまって。……いっとくけど、おまえをいっしょにつれてく気はなかったんだぜ。どうするつもりだったのかっていうけど、くるかこないか、ためしてみたかっただけなんだ。足手まといだもんな。」

はっきり、いいやがる。六は、少しむっとした。

「うまいこといって、にいちゃん。」

いつきたのか、ミキがそばに立っていた。

「いつかだって、友三使って、パチンコ屋の景品盗んだじゃないか。にいちゃんったら、また……。」

ミキは、手に持っていたものを、兄貴にむかって投げつけた。格子柄のシャツが頭にかぶさる。

「待てよ、このバカ。」

兄貴は、シャツをひきはがした。

「立ちぎきしてたんなら、終りまできけ。いいか。おれは酒盗みに行った。たしかに、酒は盗んださ。だけど、あの火事とはぜんぜん関係ないんだ。カギはずそうと思ったら、ぼかーんときた。」

「税関のとこで?」

兄貴は、六に目でうなずき、かわいたくちびるを舌でしめらせる。

「あの音で、やっと交替で出ていったと思ってた税関のやろうがもどってきちまった。あのトンチキ、事務所にはいってみて異状なしってわけで、カギかけるのわすれて埠頭さ走っていった。ついてる！　と思ったね。そこらの作業所から人が出てくる。だけど、みんなが走ってくのは埠頭だ。おれは……四本持ってにげた。いま作ってる新しい埠頭のほうにだ。ボートはそこにつけておいたんだ。うまくいったのは、そこまでよ。海に出たら、オイルが流れてる。火が走ってくんじゃねえか、びくびくしたぜ。やっと舟着場に近づいたら、通船のやつが見張ってる。ヤバイと思って、酒は捨てた。一本は、そのまえにころんで割ってしまったけど。まったくな。あのやろうさえ、よけいなことしなきゃ、これだけの話で終わったのによ。」

「あの人、お客だったよ。釣りに行く。」

「えっ、通船の、じゃねえのか。ボートをただ借りしてったから、おれ、てっきりつかまると思ってよ。ジョニ黒め！　あいつも海に沈めてやりてえ。」

兄貴は、崖下にひろがる海に小石を投げ、その手をさわがしくふって、わらった。わらっていた顔が、だんだん、ひきつってくる。

「こうなったら、あいつがだれでも同じことだ。警察に行けば、なんぼ上前の酒だっていっても盗みは盗みだし、なんだかんだいってるうちに、火事の犯人にされちゃかなわねえからな。おれは、いまからにげる。」

「にげるって。にげたら、よけい疑われるよ。おれは、警察に行って、いまの話したほうがいいと思う。」

「おまえなら、それでもいいさ。だけど、むこうは火事の犯人になる男をさがしてる。そこにこのおれが、のこのこ出てってみろよ。酒盗みに行ったアイヌなんて、いいカモさ。」

「だって。そんなら、いわなきゃいいじゃないか。酒とったこと。」

「しらっぱくれていられりゃいいけどよ。証拠があがるかもしれねえんだ。」

「証拠？」

六がいうのに、ミキが重ねた。

「なに、それ。」

「マキリよ。じいちゃんからもらったマキリを落っことしてきた。」

「どこに？」

ミキは、怒りをいっぺんに爆発させた。

「どうして、あんなもん、持ってったのさ。にいちゃんのだって、すぐわかってしまうのに。」

「マキリはな。ふつうの小刀より、いろいろ使いみちがあんだ。」

「それ、どこでなくしたか、おぼえてる？」

六は、兄貴に、にじりよった。

「はっきりしねえんだ。戸をこじあけようと思って、出して、ポケットにつっこんだのはおぼえてる。やっぱり、埠頭の建設現場でころんだときか……。あそこで拾われると、バレちまうな。工場の人間は出入りできなくなってるとこだ。」

いいながら、兄貴は、はだかの肩にかけていたシャツに腕を通す。

「ともかく、だめなんだ。ぬれぎぬっていうじゃねえか。ふん、こいつは、ぬれて、はだにぴったりくっついて、絶対にじぶんではがせねえから、そういうのかもな。ちきしょう。」

まるめたシートをひざにのせ、ミキが投げつけたためにやぶれてひろがった新聞のはしをひきよせる。うす皮に包まれた中身がさらけだされた。冷やめしで作ったらしい、ちぢかんだおにぎりである。

「にいちゃんったら、イカ釣りに行くべんとうだなんて……。」

「いいじゃねえか。しばらくかくれてるつもりだからな。調べにきたらうまくいっとけよ。ようす探りに出てくるさ、ときどき。」

兄貴は、立ちあがった。崖道をさらに登っていく兄貴を、ミキはくちびるをかんで見送る。六は、そのミキの腕をそっと引いて、いった。

「おれたちも、やることがある。」

夜、六とミキは舟の上にいた。浜を出てすぐ、ミキがエンジンをいれると、磯舟は暗く静かな海の上を、風をきって走りだした。ミサキの灯が、みるみる遠ざかっていく。一つ、二つ、消えた。どれも、ちらちらとゆれて、吹き消されたように見えなくなる。

風は、六の首すじに、ひやっとする手でふれて行く。海へ出たんだ。ゴルフ場の丘から、いつもながめていた海に。首をまわして、へさきのほうを見た。太陽も月もない海は、ただ黒々と沖へ続いているだけで、インクびんの中にいるようである。この外海をまわって港へはいり、製鉄会社の埠頭へのりこむのは、かんたんなことではないだろう。だが、工場のまわりにめぐらしてある高いへいを乗りこえるのも、そこから広大な構内を埠頭まで歩いていくのも、もっとたいへんなことだ。

　港では、まだタンカーが燃え続けている。けさのような爆発が、またおこる危険がある。けれども、火事がおさまったら、警察は本格的に原因を調べはじめるだろう。兄貴が残してきたという証拠品を消すには、今夜がチャンスなのだ。

　ミキは、舟のうしろのほうにある機械のそばをはなれない。灯はつけないことにしてあるから、ミキがどんな顔をして舟を動かしているのかはっきりしないが、エンジンの音は快調だ。それは、ミキの心臓で鳴っている規則正しい音のようである。

　左側に見えていた半島が、舟のまうしろにうつった。夜の海に、黒くて長いクジラが一頭横たわっているようだ。ミキが、それをふりかえって、いった。

「にいちゃん、ねたかな。」

「うん。」

六は、ねたともねないともいえない。いま、兄貴（あにき）は、クジラの背中（せなか）をむこう側（がわ）へおりたところにいるはずだ。そこは、ミキによれば、人をよせつけないけわしい岩場だというが、どんなところに身をひそめたのだろう。兄貴は、あのシートにくるまって、波の音をききながら、ねようとする。でも、ねむれるだろうか、そんなとき、そんなところで。

「おれ、やっぱりまだ、わかんないな。にいちゃんは、つかまったら犯人（はんにん）にされるっていうだろう。そこんとこが、さ。おれたちにしてくれた話のとおりなら、あんなにびくびくしてにげたりかくれたりしなくたって……。」

六は、岩場にいる兄貴に、もういちど食いさがりたくなってくる。

「六ちゃん、あの話、うそだと思う？」

「いや。」

「でも、よくうそつくよ、にいちゃんは。」

舟板（ふないた）に手をついて、身を乗りだしてきたミキの顔は、まじめだ。

「だって、あの話のとおりじゃなかったら。」

六は、あわてて、いった。

「おれたち、なにしにいくんだ？」

ミキの目が、暗く、いっぱいに見開かれた。あとずさりしていったミキは、小さな発動機にかぶさるようにして、それをとめた。どどっ、どどっと、人をおどすような音にかわって、波が舟べりをたたく音になった。

「にいちゃんに、マキリをとりに行ってくるって、いえばよかった。そうすれば、ほんとの話、してくれたかもしれない。」

「でも、とりに行くってきめたのは、あれから、ふたりで相談して、だ。……それより、どこが、うそみたいだ?」

「なんだか調子いいとこ。税関だかの人がカギはずして、そのままにしてったり、さ。」

「かっぱらうとこは、おもしろかったなあ。」

「作り話かもしれない、ぜんぶ。うまいんだから。」

あれが、作り話だとすれば、兄貴は六たちの前では話せても、警察に行っては話せないと思うわけだ。つかまったらおしまいだ、犯人にされてしまうというのは、作り話を見やぶられるということか――。

「まん中にすわってて。」

ミキが、いった。六は、じぶんでも気がつかないうちに、舟べりに全身でもたれていた。

うねって流れる黒い水が、目の前にある。兄貴の話は、疑えばきりがない。疑いで重くなり、かしがったからだで、舟までひっくり返してしまうところだった。「おまえ、おれの話、信用するか」、兄貴のいったことばが、黒い水の底から、わきおこってくる。

「ミキちゃん、やめよう。にいちゃんの話はほんとうだって、信じるか、信じないか、どっちかだよ。」

「……うん。」

ミキは、水におろした一本の櫓の先で水面をかきまぜている。

「舟、動かせよ。」

「じゃ、信じるんだね。六ちゃんは。」

「うん。おれ、マキリっていうのをさがしてみたいんだ。」

そうだ。マキリがあれば、兄貴の話は信じられる。マキリはあると思って、行こう。

すばやく櫓を引きあげて、ミキはエンジンをかけた。舟は、また、白い波をたてて、進みだした。六は、そばにおいてあった懐中電灯と「蘭内民報」の夕刊とを、とりあげた。

新聞は、タンカーの爆発を伝える記事で埋まっている。そこに出ている港の地図を、六は、たった一つ手に入れることができた案内図として、たよりにしているのだ。

そそりたつ崖や海中にある岩が、クジラどころではない、奇怪な顔や大むかしの爬虫類そっくりに見えるなかを、舟はしばらく進む。

「あっ、光った。」

「灯台だ。六ちゃんの地図にあるべさ。」

港の入口から少し沖にある親島灯台の灯だった。六が刷りの悪い新聞の図の中にそれをさがしあてているうちに、舟は外海から湾内にはいる最後の岬を一気にまわった。

タンカーの火が見えた。北防波堤のむこうで燃えているのに、顔が染まるほど近くに感じられる。火山の噴煙でも溶鉱炉の赤い火でもない、油の燃える黄色い焔がゆらめいている。闇になれた目には、まるで花火のように華やかにうつった。

その火が明るく映っている近くの水面に、黒い大きな影がさした。六は、腰を浮かしてさけんだ。

「ミキ、とめろ、あぶない。」

すぐ近くに、船の壁が迫っている。

「早く、早く。」

六は、どなるだけだ。ミキは、貨物船のわきをうまくすりぬける。

「とめろっていったって、自転車みたいにとまらないいんだ、舟は。」

小さな声でわらっている。

「へんな船、どうしてあんなとこにいたんだろね。」

ミキにいわれてふりかえってみると、貨物船は船首と船尾に灯をともしているだけで、岬のかげの入江にひっそりととまっている。いや、その一そうだけではない。入江には、大、中、小、さまざまな船がうずくまっていた。親島の沖にも、外国船らしい白いスマートな船影が見える。

磯舟のエンジンの音が、いやに大きくひびく。六とミキは、顔を見合わせた。タンカーの火事を避けて、ここに停泊しているらしい船には、人も乗っているだろう。ミキは、こんどこそ、あわててエンジンをとめた。

「わっちが漕いでくわ。」

櫓を水におろした。

いま、鳴りやんだばかりの音が、こだまのように遠くからきこえてきた。防波堤のむこう側を小型の船が走ってくる。正面につけたライトが、波のしぶきまで照らしだす。

「どうしよう、六ちゃん。」

「だまって！　このままでいるんだ。」

舟は波にのって、防波堤のそばへ引きよせられていく。高さ三メートルはあるそのコンクリートの壁のかげにはいってしまえば、むこうからきた船の人間に見つからないですみそうだ。

小型船は、壁のむこうを、いきおいよくとばしていった。北と南からのびた防波堤が、まん中で学校の門みたいに港の出入口をかためているあたりまで、音が尾を引いていった。

「いまの、巡視艇だ。」

本町の舟着場で見た「海上保安部」の船、あれと同じ船だった。巡視艇は、こっちのエンジンの音をきいてかけつけてきたのか、それとも港内を巡回中だったのか。港の中にいた船を外に避難させているくらいだから、はいろうとする船を見張っているのかもしれない。

「助かったね。この防波堤のおかげで。新しくできたばっかりなんだ、このへんは。」

ミキは、いまふたりをかくしてくれた防波堤が、こんどは港内にはいる邪魔をしていることを考えない。

「それはいいけど、巡視艇に見つからないで、もぐりこめるようなところはないか。」

あかりをともした灯台型の塔が、左右に立っている正面の海は、明るい。明るすぎる。

「古い防波堤だったらね。浜に近いとこはテトラポットで、どっかにすきまがあったんだけど。」

「そこ、なおしちゃったかなあ。」

「行ってみっか。」

舟は、南防波堤の根もとにむかって動きだす。港の中央にあるはずの製鉄会社の埠頭に行くには遠まわりだが、それでもしかたがない。厚いコンクリートの壁が早くとぎれないか、六は、へさきに手をかけて目を先へと走らせる。

「ほんとは、わっち、とうさんが死んでからずっと、ここらへんにはきてないんだ。」

ミキがいった。ふりむけば、そこに、ミキの困った顔があるにちがいない。

「いつ、死んだの。」

「二年前。」

しおからいしぶきが、口にとびこんだ。それでは、防波堤のこわれたところも修理されてしまったのではないだろうか。

「ほれ、あそこから、切れてる。」

「ほんとだ。」

ミキが、テトラポットとかいったのは、セメントでできた三本足の大根みたいなものだ。浅瀬にならべたそれのなかには、かたむいて沈んでしまったのもある。

「ここ、ここからいこう。」

ほとんど舟の幅しかない水路に、ミキはへさきを入れた。わき腹が、がりがり音をたてる。六は、水からつきでたテトラポットの足に手をかけて、からだをつっぱる。舟は、あちこちをこづかれながら、やっとそこをくぐりぬけた。

「スクリューをだめにするかと思った。」

ミキは、息をついて、いった。

「ちょうど潮があがってきたとこだったから、ぬけられたんだよ。」

ミキのいうとおりだ。時間をはかって出てきたわけではないが、うまくいった。

「よし、ここからは、おれが案内役やる。ミキちゃん、漕ぐの、つかれないか。」

「へいきだ。」

六は、一直線に製鉄会社の埠頭をめざしていくことにする。港の中は、思っていたよりずっと広く、発動機を使わないでいくなら、これ以上遠まわりしてはいられない。

「あの三角の赤い灯、あそこらへんが埠頭だ。」

六は、新聞の地図を見て、進む方角をきめる。いちばんいい目印になるのは、燃えているタンカーだ。それは、海の上においた一個のライターのように、少しかたむいた船首から美しい焔を吹いて、いりくんだ埠頭をわかりやすく照らし出してくれる。岸壁では、石油タンクの上に白い水のすじが飛び交って、消防隊が必死で火とたたかっているのがわかる。町や港の人たちの目も、みんな、そこに集まっているのだ。いまのうちだ。六は、ミキにかわって舟を漕げないのが残念でたまらない。

「どこに、つける?」

ミキが、声をひそめてきいた。

「にいちゃんがいってただろ。工事中の埠頭って、どこだ。」

「あそこの、パイプがいっぱい、海にささってるとこでないかな。」

「うん。あのパイプ伝って上にあがれそうだ。」

ふたりで、とも綱を鉄パイプに結びつけて舟をおりた。岸壁にはいあがった。目が少しなれてくると、近くに砂の山があったり、パイプが積みあげてあったりするのが見えた。まちがいなく新埠頭の工事現場だ。

「おれ、むこうのはしからさがす。ミキちゃん、この懐中電灯使えよ。」

「いいのかい。」

「そのかわり、よく気をつけて、人がきたら消せよな。」

周囲を波形のトタン板でかこった現場は、それほど広くない。学校の音楽室を二つつなげたくらいだ。ミキとふたりでやれば、調べるのはすぐだろう。六は、地面に顔を近づけ、両手にさわるものをかたっぱしからたしかめる。

「ないか、ミキちゃん。ここで落としたんじゃないのかな。」

ミキとの距離がちぢまって、わずかになった。あとは、ミキにまかせてもいい。

「おれ、にいちゃんが通ったっていうところ、ずうっと、見てくる。」

「気ぃつけてね。」

トタン板の囲いからの出口には、セメント袋が高く積みあげてあった。これで、夜の侵入者をふせいだつもりなのだろう。まるで砦のようだ。いちばん低い袋の山を乗りこえて、外へとびおりた。そこで、六は目を見はった。

岸壁にそって敷かれた二本のレールが、果てで一本になって消えてしまうまで遠く続いている。その上を、たちかけのビルの鉄骨を思わせる鳥居の形をした起重機が移動していき、埠頭に一そうだけとまっている貨物船が、照明の中に浮きあがる。にいちゃんは、ここを走ったのだろうか。

六は、起重機の中央あたりに見おぼえのある会社のマークがかかれてあるのに気づいた。やっぱり、ここだ。大製鉄会社の埠頭というのは、ちょっとした町の大通りくらいはあるのだ。しかも、その埠頭には人影がない。ないほうがありがたいが、うす気味悪くもなる。

いや、船の上に人が動いている。起重機の上部に鳥小屋のようにとまっている部屋からも、男がひとりおりてくる。ヘルメットをかぶったその男は、そばのクリーム色の建物にはいっていく。物陰から物陰へ走って、六は、二階にあかりのついた、その建物の前に立った。「業務部海運課」という札がかかっている。どうも、兄貴のいっていた税関の事務所ではなさそうだ。それでも、建物の前や横の地面に目をすえてみる。マキリというのは、長さ二十センチくらいのさやにはいった小刀だというから、気をつけて見ていけば拾えるような気がする。問題は、兄貴の走ったコースだ。そして、コースによっては、昼間、だれかの目にとまって拾われてしまったかもしれない。

道から少しひっこんだところに、平屋建ての家があった。灯はついていないが、倉庫や物置ではなさそうだ。入口の柱に、さっきの建物にあったのよりずっとりっぱな看板がうちつけてある。近よって、読んだ。「保税上屋」それから「特派官出張所」。黒く光ったガラス戸の中で、けさからわらうのをわすれていたじぶんの顔が、かすかに口もとをほころばす。もういちど看板を見る。「税」という字がある。これは「税関」の税だろう。

家のまわりをよくさがしたが、どこにもマキリは落ちていない。すると、ここでは、兄貴はたしかにマキリをポケットに入れたのだ。兄貴は、この正面から堂々と奥にはいり、ウイスキーのびんを四本かかえてくる。大爆発をおこしているタンカーは、やや右手に見える。それを見に走っていく人たち。兄貴はずっと左よりに走る。新埠頭のほうへ。

六は、事務所の前から、兄貴の走ったコースへ出発しようとした。人はいないと思いこんでいた家の中から、カギをあける音がした。

「だれだ。」

背中をうたれたようなショックで、六はとびあがった。右手へ、走った。すぐそこに、がらくたを積みあげた山がある。めちゃくちゃに山を登る。自動車の窓枠をとびこえ、さびたポンプの口をけとばす。山は続いている。同じようなスクラップの小山をいくつか登りおりした。足もとがくずれて、ずり落ちた。税関のやつは、まだここまではこない。六は、左のひじに手をやった。血が出ているのはわかったが、足をふんばって立ちあがった。

ヘルメットをかぶった男が、五メートルとはなれていないところに立っている。息をつめて、こっちをうかがっている。一歩ふみだす。六は、あとずさる。

「内藤(ないしょう)、おまえ……。」

六は、とまる。相手は、かけよってくる。

「どうした、こんなとこで。」

「川田!」

ヘルメットの下に、川田の大きな口がある。

「やったのか、その手。」

川田が、腕(うで)をとった。スクラップの山のむこうで光が走った。六は、川田の手をふりはらって、いった。

「追っかけられてんだ。」

「早く、どっかに……横になれ。」

川田は、自動車の屋根を持ちあげ、六にかぶせた。足音が近づいてきた。

「おい、きさま、そこでなにしてる。」

「なにって、ちょっと小便しにきたんだ。」

川田は、いつもとかわらない調子で、いう。

「いま、こっちにだれかこなかったか。」

「見なかったよ、だれも。」

男は、さかんに懐中電灯をふりまわしている。光が、屋根の下に、流れてくる。

「ここで働いてるのか、おまえ。」

「ああ。船積みのバイトさ。」

「こんどから、こんなとこで小便するのはやめろよ。便所があるだろう、事務所に。」

「わかったよ。」

男が去っていくらしいけはいがして、川田が舌うちを一つした。

「よし、いったぞ。」

川田が引きあげる自動車の屋根の下から、六ははいだした。

「走れるか。ついてこい。」

川田は、暗いところをえらんで走った。埠頭にいる船のタラップを登る。

「こっちだ。」

積み荷の作業をしているらしい船倉とは反対のろうかへ六を引っぱりこんだ。

「ここでな、おれ、サボってねてたんだ、さっき。ボーイと友だちになったのさ。」

そうじの道具や寝具などをしまっておくらしい、小さな部屋だった。

「ほかの船はよ、作業中止で港外に避難してるのに、がめついんだ。この船。」

「おまえ、マキリっての、知ってるか……。」

六は、川田の手ぬぐいで腕をしばってもらいながら、それを拾いにきたことを話した。

「だから、ミキを待たせてるんだ。」

「よし、外を見てきてやる。」

ヘルメットをかぶりなおして、川田は出ていった。油とペンキのにおいがする部屋の中は暑苦しい。

船が底のほうから大きな力でゆすぶられた。出航するのか。まさか。六は、中からしめておけといわれたカギに手をかけた。細長い部屋の奥にある丸窓の外が昼のように明るい。そこへ行ってのぞく。火が見えた。タンカーがまた、火柱をあげたのだ。夜の海に火焔がつっ走る。

戸をたたく音がした。

「内藤、出てこい。」

川田が、もどってきた。

「いまのうちににげろ。なんとかっていうナイフは、朝になったら、おれがさがしといてやるから。」

川田は、手に持っていたヘルメットを六の頭にのせた。

「騒いでるからな、みんな。さっさと行け。」

「わかった。」

タラップの下まで、川田はいっしょにきた。埠頭には、作業員や事務所の男たちがたくさん出てきている。

むこう岸で、爆発がくり返す。巡視艇が、サイレンを鳴らして走っていく。

「防火垣が焼けたぞ、あぶねえな。」

「こっちまでくるかな。」

男たちは、火に目をうばわれている。六は、怪しまれないように歩き、小走りになり、あとは新埠頭めがけて走った。

建設現場のセメント袋をとび越えた。鉄パイプの林の中に懐中電灯がともっていた。それが、ふわっと宙に浮き、こっちにむかってくる。

「六ちゃん？　六ちゃんだろ。」

ミキは、六の全身に光を当てる。

「けがしたのか。」

「灯消せっていったろ。なんでもないんだ。」

六は、ミキがのばした手をさけて、わきへよる。かたい鉄材につまずいた。よろけて、一段低くなった溝の中にころがった。

「あぶない。」

ミキが、消した灯をいそいでつけた。うつぶせになった六の目の前に、細長い彫刻のある木片が照らしだされた。

「マ、マキリだ。」

六は、腕の痛みをこらえて、うめくようにいった。

13　商売繁盛はにらまれる

「じゃ、おれにとうふ売りやめろっていうのかい。そんなこと勝手にきめるなんて、ひどいよ。」

六は、片腕でむかい側のおばさんのほうへテーブルをおしやるようにして、いった。

「これ、動くんじゃない。」

おばばが、一方の腕をつかむ。

「どうしてゆうべのうちに傷をしてるっていわないんだろうね。手ぬぐいなんかまいてごまかしても、おばばにゃ、ちゃーんとわかるんだから。この、ろくてなし。」

六の横で傷口に息を吹きかけては赤チンをぬっているおばばを、おばさんは、ちらっと見て、口を開いた。

「まだきめたわけじゃないさ。わたしもおばばも考えてるとこだ。やめてほしいっていうのは、きのうの組合の会にきた人たちの意見でね。」

おばさんは、ひとりだけおそくなった朝ごはんの最中で、はしを口に運ぶのをやめない。

「その店が持ってるマーケットとかっていうのを荒らされちゃ困るんだとさ。お客をとられるってことだろう。みんな、おまえがよっぽどたくさん売り歩いてると思ってるんだよ。」

「それで、おばさんは、なんていった。」

「まあ、考えてみます。なにしろ、子どもが夏休みの遊び半分でやりだしたことですから。」

「おれ、夏休みだけでやめるなんていったことないぜ。」

「遊び半分でもない。それは、おばさんだって知ってるよ。だけど、組合の申合せにされそうだったからね。」

「申合せって?」

「学校でも、きめるだろう、いろんなこと。ほら、このあいだの参観日に、おまえがへんな時間をいって、わたしがおくれていったら、おまえたち、やってたじゃないか。ホーム・ルールっての。」

「あれは、ホーム・ルームで……。いいよ、だいたいわかった。」

「だからさ、どうしたらいいか。おまえがとうふ売りをやめるっていえば、一番かんたんだけどねえ。こづかいがたりないんなら、かあさんから送ってきたお金を、おばさん、おまえのために貯金してるから、その分少しへらして出してあげるよ。」

「ちょっと待って。おれ、やめたくないんだ。……組合の申合せできまって、それやぶったら、どうなるんだろう。」

まさか、学校のように罰当番というわけはないし。六は、さっきから気味が悪いほどだまりこんで、六の腕にほうたいをまきつけているおばばのほうに顔をむけた。

「ぬけなきゃならなくなるね。」

おばばは、手を休めないで、いった。

「組合をぬける？　そんな。」

おばさんが、首を横にふり、きゅうりのつけものを音をたててかむ。おばばは、顔をあげた。

「そうなっても、いいじゃないか。はっきりさせてやるんだよ、これがうちのやり方ですって。そうだろ、ゴーリ化だかなんだか知らないけど、丸山の店なんかじゃ、はじめから終りまで機械がとうふを作る工場を建ててるって、おまえ、きのう、いってたろう。それで、どんどん値段をくずしといてだよ、売り方がどうの、なわばりがどうのも、ないもんだ。」

ほうたいのはしをにぎったおばばの手はとまり、手首を持っている指に力がこもる。しわだらけの手の甲には一円玉をおいたようなしみが浮きだしているが、肌は年中水にさらしているので指の先まで白く、力をいれると、さくら色に染まってくる。六は、肩から先を動かさないようにして、じっと、その手を見た。

「うちみたいに三百かそこらしか作らないんじゃ、機械なんか買ったってどうしようもないし。よそさまはよそさまさ。」

おばばは、続ける。そうだ。この手は、とうふを作るのに、なにからなにまでじぶんでやりたがっている手だ。煮えたっている豆乳をいっぺんに冷やして、できあがったとうふは容器にちゃんと入れておしだしてくるような機械はいらないといっている。おばばは、この手で、うまれたての赤ん坊をとりあげるように、とうふをすくっていたいのだ。

「わかってるけど、わたし、もう、頭が痛いわ。」

茶わんもはしも投げだすようにおいて、おばさんは、ほんとうにこめかみを両手の指でおした。

「なあに、うちはうちでやっていけばいいんだよ。おじじのころから、うちはラッパ吹(ふ)いて売ってたんだ。六にも、自転車なんか使わないで、おか持ちを天びん棒(ぼう)でかついで売ってもらいたいところだけどね。とうふの角(かど)があんなにこわれちゃしょうがない。」

「えーっ。」

六が手をひっこめようとしたのを、おばばはぐっとつかんだ。

「おか持ちってのは、すし屋の出前にいまでも使ってる、桶(おけ)みたいのだよ。おまえたちはこういうのを知ってるかい。とかくこの世はとうふで渡(わた)れ、四角四面でやわらかく、っての。」

「とうふの角(かど)に頭ぶつけて死ねっていうのしか知らないわ。」

「おれも、それなら知ってる。」

「四角四面を通せば、やわらかくいかないこともあるねえ。組合をぬけなくてもすめばいいけれど、ま、いままでどおりでやってみようや。」

「じゃ、おれ、とうふ売りやってもいいんだね、きょう。」

「いいことにしとくわ。」

おばさんは、テーブルの上のものを、さっさとかたづけはじめた。

とうふ売りは続けてもいいのだろうか。ほんとうはやめてもらいたがっているおばさんのために、あきらめたほうがいいのではないか。やめたくはないけれども……。

ぼんやり見あげていた空を、海鳥が白い羽をゆるやかに動かして横切った。六はからだをのばし、目をつぶって深く息を吸う。磯のにおいが、しょっぱくのどにしみる。ひたいを、午後の熱い風が吹いていく。

とうふ売りのことを考えなくちゃ、と思いながらも、六の手は腰のあたりへのびていく。さっきから、腰を地面におしつけるたびに、そこでごろころしているものがある。ズボンのわきの内側につるしてきたのが、うしろにまわったらしい。かたい、木のさやにふれた。ひもをはずしてにぎる。

「それ、六ちゃんにあずけとくわ。」

ミキの声がきこえたような気がして、六は目をあける。なにもない空にむかってわらいかけ、からだをおこして、マキリを目の前に持ってきた。右手で柄をしっかりつかみ、左手でさやをぬく。柄やさやの角はまるくすりへって、刃のつけ根をまいてしめた木の皮は、あめ色をしている。いったい、何代の男の手が、このマキリに汗とあぶらをしみこませてきたのだろう。いくらかそりのある刃は、厚みを持っていて力強い。刃先は鋭く、刺すことも突くことも、彫ることもできそうだ。

六は、肩で大きく息をついて、陽を照り返す刃をもとにおさめた。それから、おもての彫刻をゆっくりながめる。そこに刻まれた模様は、ゆうべから何度見ても、ただ、ふしぎな形をしているだけである。つながった曲線はリボンのように見えたり、草がなびいているように思われたりする。

これは波かもしれない。そうすると、波のうねりのあいだを埋めている点は、しぶきだろうか。このさやを彫ったアイヌは、きっと海辺に住んで魚をとって暮らしていたのだ。そうだ、そうだぞ。このしぶきのように散っているものは、魚のうろこにだって見える。波のあいだに魚がぴちぴちはねてるんだ。おれがその男だったら、魚がたくさんとれるように、うろこをこんなふうにいっぱい彫りつける。

「ごめん。待った？」

ミキだ。わかっているのに、六の手はマキリをつかんで、背中にまわした。

「きたんだから。けさ、調べに。」

麦わらぼうしのつばで顔をあおぎながら、ミキは六の前にすわった。

「どんなやつだった？」

「西町のおまわりだって。ふたりもきた。」

「うまく、いえたか。」

「うん。日高のおじさんが死にそうだって知らせてきたから、おとといから行ってるって。そしたら、バイクはどこにやった、まさか日高まで乗ってってたんじゃないだろってきかれてさ。友だちに貸してってたみたいだってとぼけたんだ。」

「あれに乗るのは、免許がいるんだぜ。」

「そうだってね。免許を持ってる友だちか。だれだ？　わっち、そんなことまで知らないわ。」

ミキは、刑事とやりとりした口調をまねた。

「ほかには、きかれなかった？」

「ううん。きのうはおそくまでどこに行ってたかって。わっちのこと。」

「そんなことまで。」

「ゆうべ、一回きたんだね。じいちゃんは、ぜんぜん、ものいえないから、知らなかったけど。でも、なんともないよ。イカ釣りに行ってたってことにした。」

「ミキ、ひとりでイカ釣りに行くのか。」

「ひとりで行ったことはないけどさ。となりの舟借りてったから、海にいたことにしないと。少しはほんとのこともまぜといたほうがいいさ。」

試験が終わったあとのように、ミキの顔は晴れてくる。

「だけど、バイク、どこにかくしてったんだろうな、にいちゃん。」

いいながらも、たいして気にしていないのか、ぼうしを頭にのせ、ズボンのおしりをはらいながら立ちあがる。そのミキの姿を、じぶん以外のだれかが見ていることはないだろうか。六は、ミキが登ってきた坂道のほうへ目をやる。登り口まで走っていって、下をのぞく。六とミキのいるせまい台地へ、ほとんどまっすぐについている道は、岩だらけだが、人がかくれることのできるような場所はない。

「ミキちゃん。そのおまわり、またくるっていってたかい。」

「ううん。にいちゃんが帰ってきたら、署まで顔出してくれるといいんだがなあって。……でも、もうだいじょうぶだ。マキリは、ちゃあんと拾ってきたしさ。」

「そうだよな。」

あとは、バイクだ、心配なのは。あの兄貴のことだから、ミキにもわからない場所にかくしていったのかもしれない。

「にいちゃんに、これ拾ってきたってこと、早く教えてやりたいな。」

「そうなんだ。だけど、わっち、アフンパロにおりてくの、おっかなくて。」

「アフンパロってとこにいるのかい！」

「たぶんね。島のむこう側で、だれも行かないとこったら、あそこだ。ずっとまえ、大学生が岩登りの練習したことがあるくらいなんだ。……ちょっと、六ちゃん。」

ミキは、なにか思い出したように、六を手でまねきながら、台地のはしまで行った。ゆうべ、浜に帰りついて別れるとき、半島のつけ根、つまりクジラの尾に近い中腹にあるこの台地であおうといいだしたのは、ミキだった。まだ二度しか通ったことはないが、なんだかゆだんができないミサキの家々の前を行かなくてすむし、めったに人がこないところだというので、六は賛成した。

「なんか、あるのか。」

「ここにきて。この石動かすんだから。」

ミキは、小さなお宮のわきに立って、大型のゴミバケツくらいはある石に手をかけていた。六はダルマ型の石の首を持ってななめにたおす。「もう、ちょっと」といって、ミキは下をのぞきこむ。

「あ、もう、いい。もどして。」

「なんだ。どうしたのさ。」

耳のそばに流れてきた汗を、六は肩でぬぐい、口をとがらした。

「ずっとまえ、にいちゃんの手紙が、この石の下にあったんだ。だから、ちょっと見てみたくなって……。」

「それ、いつの話さ。」

「ずいぶんまえ。にいちゃんが中学やめて働きに出たころ。とうさんとけんかして家出してね。かあさんに手紙書いて、ここにおいてあったんだ。このお宮に、かあさん、よくおまいりにきたから。」

学校の庭にある百葉箱に赤いペンキをぬったような小さいお宮だ。前に建っている鳥居も、六が立ってはくぐれないほど低くて、お宮と同じように、ペンキがひどくはげている。半分土に埋まった白い瀬戸の筒には、ひからびた花の茎が残っていた。

「海神さまなんだと、これ。ミサキに養子にきたシャモの男の人が建てたんだ。アイヌになっちまえば、こんなお宮なんかいらないのにね。」

「じゃ、このお宮には、アイヌの人はこないのか。」

「じいちゃんがいってたけど、アイヌの神さまは、どこにでもいるんだとさ。家にも、舟にも、風ん中にだって。……うちのかあさんはシャモだったんだ。」

ミキが吐きだしたシャモということばは、のみこもうとしてものどにつかえる。六は、おそるおそる、きいた。

「シャモって、おれなんかのことだろう。」

「そうだわ。六ちゃんもシャモだった。」

ミキは、声をたててわらいだした。ひたいにかかる髪をかきあげては、汗と涙をふいて、またわらう。

「ミキだって、かあさんがシャモなら、そうじゃないか。」

「半分だけね。」

ミキは胃のあたりに水平に手をあててからだを上下に区切り、首をかしげた。つぎに、てのひらを垂直に鼻の頭につけて顔を割ってみせる。

「だめだ、まざってる。」

「そんなことといったら、おれだって、内藤と大島ってのがまじってる。」

六は、じぶんのからだをながめまわし、開衿シャツのボタンが一つ、へその上ではずれていたのに気がついて、とめた。

「しょうがないさ。とうさんとかあさんから生まれたんだから。」

「だけど、六ちゃんはいい。とうさんのいるとこも、かあさんがいるとこも、わかってるもん。わっちのかあさんは、出てったんだよ。とうさんにもだまって……。」

ミキは、六に背中を見せて、海のほうへむいてしまった。六は、もう、なにもいわない。なんといっていいのかわからない。ただ、ミキが走りだすようなことがあったら、追いかけていこうと身がまえる。ミキの背中は、追ってきてはいけないといっているようだ。六ちゃんはシャモだから、かあさんと同じシャモだから。六は、背中をにらむ。もし、六がミキだったら、やっぱり、追ってくるなとそこに書くだろうか。おれがミキだったら……。

「わすれてた、だいじなこと。」

ミキが、片足を軸にして、からだをまわした。

「そうだよ。」

六は、息を吹きかえした。さっきからいおうと思っていたことを思い出した。

「アフンパロへ行こう。」

うふっと、ミキはわらった。

「わっちの行くとこは、ちがう。おじさんが、あの本屋のさ、きてたんだ。裏のほら穴見せてくれって。きっと、まだいるから行ってみよう。」

「おじさんか。おじさんには、にいちゃんのこと、いったのか。」

「なんにも。ね、きょうもにいちゃん帰ってこなかったら、あした、アフンパロへ行こう。あしたは、もっと早くきて。」

「うん。じゃ、おじさんにあいに行こう。」

ミキは、両手で麦わらぼうしをおさえて、坂をかけおりていく。マキリをベルトにはさみながら、六は追いかける。ずうっと小さいころに、こんなことがあったような気がした。ミキと、そうやって、チャンバラごっこをしたことがあったような。

ミサキの家々の前を走りぬけたミキは、そのまま、じぶんの家の裏へまわった。低い家とうしろにせまった崖とのあいだに、小さな畑があった。掘りかえされた土に、やわらかい緑色をした菜っ葉がのびている。ミキが植えたのだろうか。気をとられているうちに、ミキは、丈の高い草をかきわけて奥に消える。うすむらさきの小花がこぼれてくるなかへ、六も続く。

「ここだ。」

ミキは、一枚の板戸の前にいる。家の中で長いこと使っていたらしい手あかのついた戸が、草におおわれた崖に、ぴたっとはまっている。両手をひろげて、ミキがそれにとりつこうとした。戸は、ひとりでに持ちあがって、中からはずれた。おじさんが、まぶしそうな顔つきでのぞいた。

「やあ。そろそろ、引きあげようかと思ってたとこだ。」

「ちょっと、はいってもいいかい。」

ミキとおじさんの両方にいって、六は、戸の内側へからだをすべりこませた。ひんやりした空気が奥から流れてくる。赤鼻の崖下で穴にもぐったときも、しめっぽい土のにおいがするこの空気が全身を包んだ。それから、もう一度、そうだ、ウタリの酒場で奥からおそってきたつめたい風。あれは人工の風だったが、たしかにこんなふうにぞくぞくして、からだのどこかに髪の毛が一筋ふれてもわかるような気がした。

六は、穴の中を見まわした。こわれたザルやロープが、上のほうの岩角に引っかけてある。つけもの桶や柄のとれたバケツや岩の粉をかぶったむしろが、歩くところもないほど、ごたごたとおかれている。どこの物置も同じようなものだ。ただ、ここは、はいってきたときにはそれほど感じなかったが、かびくさいにおいが強くする。入口が静かなのに気がついた。六は、引っ返した。

おじさんは、ミキの家の裏口で、水を飲んでいた。

「また、あした、きてみてもいいかな。」

コップを返しながら、ミキにきいている。

「いいよ。わっちがいなかったら、裏に行って戸あけて。」

「いま、ちゃんと、しめてきたからね。」

六は、ふたりのあいだにわりこんだ。

「おれにも、水一杯。おじさん、あそこで、夏の家っての、見つかりそうかい。」

「うむ。なかなか有望だ。」

「有望?」

「なんだ、奥へ行ってみなかったのか。だいぶ深いんだぞ。」

六は、顔がほてってきた。おじさんにはかなわないと思いながら、コップの水を一気にのどへ流しこむ。

「考えれば考えるほど、ここは夏の家の条件がそろってるんだ。魚やコンブが目の前の海でとれるし、岩屋の奥は涼しいし。」

「アフンパロのほうも、そうだろか。」

ミキが、いった。

「そこは、まだ行ったことがないんだよ。地下水がわいてるっていう話だからな。キャンプでもできそうなとこかと思うけど、波が荒くて近づけないらしい。どうしてそうよぶのかねえ。アイヌ語でアフンパロは、あの世の入口、つまり地獄穴って意味なんだ。」

「地獄穴あ。」

六とミキは、顔を見合わせた。

おじさんといっしょに、六はミキの家を出た。夕方のとうふ売りをするのに、そろそろ帰らなければならない時間だ。

「アイヌは、山でも海でも、ほら穴一つでも、親や子どもを愛するのと同じ気持で愛してたんだな。そんなものに一つ一つ名前をつけてる……。六はやらないか、夏の家さがすのを。」

「やりたいけど……あしたはだめなんだ。」

「そうか。それはそうと、六のとこのおじさん、今週は乙番か。」

「丙番だよ、どうして。」

「たしか、このあいだから、ミキのにいさんと同じ交替だったよな。」

六は、だまって、うなずく。

「丙番だと、工場にはいるのは夜十時か。昼はずっと家にいてもいいわけだ。バイクがあったから、そうかとは思ったが、見かけなかったな。」

「バイク、あった？　おじさん、どこにあった？」

「物置の奥だ。使ってないのかな、あれ。」

立ちどまってしまった六を、おじさんはふしぎそうに見た。

「ね、おじさん。そのバイクのこと、だれにもいわないで。」

走ってもどろうとした。

「待てよ、六。バイクは、ちょっと見つかりにくいところにあったから、だいじょうぶだ。あれを、だれがさがしてるんだ？」

六は、ためらった。思いきって、いった。

「……警察。」

おじさんは、ゆっくり首を動かした。なるほど、よくわかるぞ。あごを少しあげて、それで？　とうながす。

「あのにいちゃん、タンカーの火事の犯人だって疑われてるんだよ。おじさん、テレビで見なかった？　犯人らしい男が本町の舟着場からバイクでにげたっていうの。あれ、にいちゃんのことなんだ。」

六は、コンブ干し場のほうにいる人たちに声がとどかなかったか、見まわす。おじさんと六とは、砂浜におりているが、浜で働いている人たちからは、十分遠くにいる。

「それで、あいつは、いま、どこにいる。」

「かくれてる。でも、にいちゃんは犯人じゃない。ぜったいに。」

「どうして、犯人じゃないんだ。」

「どうしてもさ。おれ、にいちゃんの話をきいて、信じたんだ。にいちゃんは、アイヌだから、いま警察に行ったらおしまいだっていうんだ。……そんなことあるだろうか、おじさん。」

「警察は、アイヌだからっていうだけで犯人にするなんて、むちゃなことはしないさ。しないけれども、むこうは六とちがって、疑うのが商売だからな。」

おじさんは、たばこをとりだして火をつけた。

「四、五年まえに、こういうことがあった。やっぱり、あのミサキに住んでいたアイヌの青年が殺人事件をおこしたんだ。西町で電気器具を売ってた店の夫婦が夜中に殺されて、住みこみの店員だったその青年が疑われた。はじめは、じぶんじゃないっていっていたのに、自白して刑務所に行ってしまった。それが、ついこないだ、ほかのことでつかまったやつが真犯人だとわかったのさ。」

「やってもいないのに、やったっていったのかい。」

「テレビなんかを持ちだしてこづかいにしたことはあったらしいんだな。警察で調べられているうちにそういうぼろは出てくるし、殺人犯あつかいにされるし、まいってしまったんだろう。でもな。おれはミサキに行って、あの人たちがかたまって暮らしているのを見ていると、あそこで生まれなかったら、その青年も殺人犯を引き受けなかったんじゃないかと考えた。アイヌだといわれて生きるのは、なんというか、肩身がせまいことなんだろうと思う。そのうえに、罪を犯したのではないかと疑われて、このシャバで生きていくのはつらいことだからな。いっそのこと、重い罪を背負ってしまったほうが、と考えるのもふしぎじゃない。」

「にいちゃんも、その人のこと知ってる?」

「ああ、知ってるだろう。」

警察に行ったら犯人にされると、にいちゃんがいうのは、その男のことが頭にあったからかもしれない。だが、そんなとき、にいちゃんは、その男のようにまいってしまうだろうか。まいってしまうのがこわくて、にげているのだろうか。

一年じゅうでいちばんとうふが売れる日っていうのは、きょうかもしれない。六は、ひたいから目じりを伝って涙のように落ちてくる汗を、手の甲ではらった。おばばによれば、とうふがよく売れる日は〝寒くてしばれる日〟と〝ふうふういう暑い日〟で、きょうは十何年ぶりかでこの地方最高の三十三℃突破という記録がでたほど暑いのだから。

「暑いわねえ、一つちょうだい。」

「うちもね。まったく暑いわ。」

社宅の主婦たちは「暑い」「暑い」をくり返す。暑いのは、六のせいのようにきこえてきて「やめてくれ」といいたくなるが、とうふがどんどん売れていくのだから、文句はいえない。六十丁持ってきたのが、残り二丁になった。

六は、社宅街のてっぺんで、カンの中の水をほとんど捨てた。軽くなった自転車で風をきって走ってみたくなる。丘伝いに久しぶりで中学校の裏山に出て、そこから西町へおりていこう。

かすかな風が吹きあげてくるだけだが、町の中を走るよりも、ずっと気持がいい。だれもいない学校のグラウンドが見えてきた。校舎のトタン屋根も、上から見ると、会社の煙が運んでくる赤い砂におおわれて、緑色が変わってしまい、なんともいえないふしぎな色だ。ブレーキをかけながら、坂をおりる。

「そうか。あれは……。」

六は、つぶやく。雨の日に、シャツの背中にできたしみは、女の子がぞうきんをふりまわしたからだとばかり思っていたが、ちがう。あれは、屋根から落ちてきた赤いしずくのせいだったのだ。

「内藤っ、おーい。」

校門のところに、小さい男が立っている。

「先生っ。」

六は、ガヤのそばに自転車を乗りつけた。

「どうだ、とうふ屋。繁盛してるか。」

「あれっ、だれからきいたんですか。」

「評判だからな。おまえが旗立てて、ラッパ吹いて、とうふを売ってるっていうのは。一つ売ってくれ。今晩は宿直なんだ。」

「ちょうどいい。二つ残ってる。」

「二つ？　じゃ、二つとももらうか。用務員室に一つ持ってってやろう。」

「おれ、持っていきます。」

六は、いれものにすくいあげたとうふを一つわたし、もう一つは手にのせて、ガヤについて校舎にはいった。

「学生のころ、東京の下宿で、とうふ屋のラッパをよくきいたな。」

「東京で？　やっぱりラッパ吹くんですか。」

「そうなんだ。ちょっともの悲しい音色でね。あれをきくと、どういうのか、家へ帰りたくなって困った……。内藤は、夏休みでも、おかあさんのところへ帰らないのか。」

「……ええ。」

「そうか。おっと、それ、先生からだっていっておいてきてくれるか。一つ、いくらだ。」

「三十円。」

「よし、こっちに用意しとくからな。」

六は、うす暗くなってきたろうかを、用務員室のほうへわたっていった。家へ帰らないのかといわれて、六は、にいちゃんの手紙を思い出していた。あの手紙には、まだ返事を出していない。もし、かあさんにあいに行くとすれば、六はだまって行っておどろかしてやるのだ。その汽車賃もかせごうと思ってはじめたとうふ売りだ。やめるわけにはいかないぞ。組合のいうとおりになってなんかいられない。

六は、あかりのついた宿直室の前にもどってきた。

「先生、ききたいことがあるんですけど。」

「なんだ。いってみなさい。」

「組合ってなんですか。とうふ屋の組合のことだけど。」

「そうだな。かんたんにいえば、組合は組合員の生活を守る、助け合う、そのための集りってことになるかな。とうふ屋の組合の場合は、お互いの利益を守って、商売がうまくいくように助け合うわけだ。」

「いままでうちは組合にはいってたんです。もし、それが、ぬけるとどうなるんですか。」

「そいつはめんどうだぞ。とうふ屋の組合のことはよく知らないけれど、この町のとうふ屋さんは全部はいってるんじゃないか。そこで値段をきめたり、分量を統一したり、原料の大豆か、あれを共同で安く買ったり、とうふを食べましょうなんていうポスターを作ったり、やってるんだろう。組合からぬければ、そういうことは、できなくなる。しなくてもいいともいえるけど。」

「組合にいても、大きな店じゃ、とうふの中身をかえて、安いのを作ったりしてるんだって。先生、もし、そういうのが許されるんなら、おれが自転車に乗って売って歩くのだって認めてくれたって、いいでしょう。それなのにな！」

「なるほど。そういうことか。家の人たちはどういってる。」

「おばばは、組合からぬけてもいいから売って歩けって。でも、おばさんは、おれに引っこんでもらいたいらしいんだ。ごたごたするの、きらいだから。」

「先生は、どっちにも賛成しないな。これは、組合の中の問題として解決すべきだと思う。」

か、そのままか、どっちかだと思うけど。」

「内藤、いまじぶんでいったじゃないか。自転車に積んで売って歩くのも認めてほしいって。それをそのまま、組合で主張するんだよ。いいか、そのかわり、同じやり方で売る店が出てくる。自由競争だ。……いや、これは、組合がお互いの利益を守るっていうのに反するかな。そう、かんたんにいかない問題だ。」

ガヤは、宿直室のしきいに腰をおろして、腕を組み、考えこんでしまった。

六は、自転車を引いて学校の坂道をゆっくりおりた。「内藤の立場はなかなかむずかしいな。組合がどう出てくるかによってもちがうし、これは、もう少し考えよう。宿題にしてくれ」と、最後にガヤはいった。先生に宿題を出したのは、生まれてはじめてだ。

町にも灯がふえていた。六は、西町の商店街の明るいネオンの上にではなく、遠い社宅アパートの窓にともっている小さい光に目をむける。元町社宅の、炭住そっくりの木造の低い屋根の下で明るさを増してくる灯火を追う。灯は、だんだん、おとくい地図の赤丸印に見えてくる。六の部屋の壁にとめた紙の上では、その印が大きな鮭の腹から出てきたすじこの房のようにつながって、町を埋めている。だが、あの地図は、六が勝手に描いた町の地図なのだ。あした、赤丸印は、別の人間の手で青丸印にかわるかもしれない。

荷台のひもがゆるんだのか、あいたカンが気になる音をたてる。六は、通りかかった神社の境内にはいった。宵祭りに川田と歩いた境内は地面がむきだしで、あの夜よりもずっとせまく感じる。ひもをしめなおして、もう一度あたりをながめた。

社殿のそばに、赤い角型のポストのようなものがある。おみくじの自動販売機だ。六は、ふらふらとそれに近より、胸のポケットを指でさぐった。ガヤから受けとった十円玉を二枚とりだして、機械の口に落としてみた。親指くらいの大きさに折りたたんだ紙がでてきた。街灯の下へ行って、開いた。「第五十五大吉」と印刷してある。

「月にかかりし　むら雲はれわたり、ふたたび又　あきらかなり。たとえ、さわり、とどこおりあれども、苦になるほどのことはなし。」

なんのことだか、よくわからない。その横に小さく書いてある字を読む。

「願望かなうべし、失せもの出ずべし。」

六は、マキリを拾ったことを、ちらっと思い出す。

「旅立ちよし、商いますます繁盛。」

ちぇっ！　てのひらの中の紙きれに、げんこつをくらわした。うまいこと、いいやがって！　紙をまるめて、社殿の屋根に放りあげた。

六は、走って自転車のそばにもどり、その上にまたがった。川田から借りっぱなしになっている自転車だが、しっかり腰が落ち着いた。

「商い、ますます、むずかしい。」

と、となえた。すると、ふいに、めがねをかけたにいちゃんの顔が浮かんだ。六、おまえ、そんなことやってると、ほんとに、とうふ屋になってしまうぞ。おばばのあとつぎに。それでもいいのか。にいちゃんは顔をしかめた。いいさ、こうなったらやるんだ、おれは。六は、だれもいない神社の境内で、胸をそらした。

14　地獄穴の中で

ミキは、六の先に立って、崖っぷちに近づいていった。岩だらけの急な斜面を、手と足でなでるようにしておりていく。六も、同じかっこうで、岩をさぐって足を動かし、赤土にはえている草の根につかまろうと、手をのばす。もっとたくさん手と足があれば、それも使って岩にとりつくことができて、安全なのに。あの足長グモのように、八本も手足があれば！

登りは、ずっと、六がリードしていた。小さいときから、ズリ山にはい登って遊んでいたせいで、足はきたえられている。六は、ミキが持ってきた布袋——手ぬぐいをぬい合わせて作った袋で、ずしっと重いものがはいっている——をとってやり、ミキがぬいだゴムぞうりをベルトにはさみ、ついにミキの手を引っぱってやった。

崖のふちにたどりついたミキが、六をふりかえって、手をあげた。立ったまま、からだをそらせて手をあげたりしては、足もとがゆれて海へ落ちてしまいそうである。六は、目をつぶった。海が消えた。潮風と強い陽ざしとにさらされて、岩にとりついているじぶんがいるだけだ。そうか。ここをズリ山だと思えばいいのだ。あそこの下には海なんかなかった。六は目を開き、ミキが立っている場所だけを見つめて、崖を伝っていった。

「ここんとこから、綱でおりよう。」

ミキが、いった。

「まだ潮が引いてるから、浜が見える。」

ミキが浜といったのは、水ぎわにそって白くかわいた石が、ほんの十メートルくらい続いているところのことらしい。その近くの岩は、雄牛がすわりこんだような背中を見せて、人間が降ってきても、そこはどかないぞといっている。

「おっかないか、六ちゃん。」

「いや。」

こんども、六は、牛の背中なんか見なかったことにして、肩からななめにしょってきた綱をおろした。舟で、遠くからアフンパロをながめたことのあるミキが、どうしても必要だといって六に持たせた綱である。

「これ、漁(りょう)に使ってたのだから、ふたりでぶらさがってもだいじょうぶだ。」

「下までとどくかい。」

「わかんない。」

「とどかないの？」

「だって……おろしてみないと。」

ミキは、さっきから目をつけていたらしい灌木(かんぼく)の根もとに、綱をまわした。

「待って。」

いざりよっていって、六は、綱(つな)の先に輪を作り、木を、投げ縄(なわ)の輪でしめつけるようにした。

「これだと、ほどけてこないんだ。」

いつか、学校に火事の避難訓練(ひなんくんれん)にきた消防署(しょうぼうしょ)の人にきいたことだ。たれさがる綱にも、一メートルおきくらいに結び目を作る。その分だけ綱が短くなるとは思うが、手の皮をすりむかないですむはずだ。

「あたま、いい。」

こぶをにぎって、ミキがいう。

「じゃ。おろすぞ。」

六は、束にした綱を下にむけて投げた。先端は、下まであと少しでとどかない。崖の高さは二十メートル以上もあるらしい。けれども、綱はほとんど岩肌にふれておりていて、真ん中でひとところだけ宙を切っている。

「平気だ、平気だ。おれ先に行ってやるから。」

低いけれどもがっしり根をはった灌木の根もとをたしかめて、六は綱をにぎった。ここまでくだってきたところのほうが急だったくらいだ。なんだ、綱引きだぞ、これは。途中に張り出した岩の上まで一息におりた。ミキに手をふってやる。両手をついてのぞきこんでいるミキは、とびかかってくるのではないかと思うほど、こわい顔をしている。

さあ、避難訓練だ。こんどは、窓から出るぞ。足を綱の結び目にかけて、全身でぶらさがる。綱が、ずうんと沈んだ。大きくゆれてまわりだした。思わず、足をちぢめる。両手が引っぱられる。重い。からだがこんなに重いなんて。

「六ちゃん、六ちゃんったら。」

ミキが、さけんでいる。

「痛っ。」

六は、ふりまわされ、わき腹を岩の角にぶつけた。やっと、足をのばして下の結び目をおさえた。ゆれが少しずつおさまるのを待って、一つずつ結び目をおりた。

岩の上に、ミキが小さく見えた。六が両足で立っているのを見つけて、ほっとしたように口をあけた。

「ゆっくりおりろ。おさえててやるから。」

さっきは、生きているむちのように、ゆれていた綱のはしを、六はしっかりつかんだ。

ミキは、両脚でしがみつき、足の指で結び目をさぐりあてながら、だんだんいきおいをつけてすべりおりてきた。

「やった！」

手を引っぱりあって、急な斜面を下の浜まで一気に走った。

「地獄の穴って、どっちだ。」

「もっとむこう。」

ミキは、半島の先のほうに顔をむけて、磯伝いにそこへ行く道をさがしている。

「ここわたっていってもいいけど、帰りに潮がきてしまったら、どうする？」

「干いてから帰ればいいさ。」

「帰るの、夕方でもいいか。」

「おれ、二時になったら帰んなきゃなあ。とうふ売り休まないことにしてるんだ。」

「じゃ、だめだ。三時ころが満潮だもの。」

「満潮？　そうか、理科で習った。干潮になるまで六時間かかるんだっけ。」

「そんなこと、学校で習ったのかい。」

あはは、あははと声を高くして、ミキは岩を二つ三つ、とんでいった。岩と岩とのすきまには、水がゆれはじめている。ミキとあって、ここへくるまでに一時間はたっている。そろそろ、お昼に近い。いそがなくちゃ。六は、くつをぬいで、はだしになった。緑色や赤茶色の海藻がとりついている岩はすべる。化石になってしまったような白い小さい貝や黒く光っているつぶ貝がはえた岩は、足の裏をさす。六は、どんなにいそいでも、ミキにかなわない。

「にいちゃあん。」

ミキが、どなった。すぐに、六も、

「にいちゃーん。」

と、やった。答えは返ってこない。この半島の裏側には、波の音しかしない。六とミキは、だまって、岩から岩へとんだ。水ぎわにならんでいるなめらかな岩の数は少なくなり、しぜんに上からまっすぐに切り立った岸のほうへとつづく。

ローソクの形をした大きな岩のかげに、白い布きれが見えた。ランニングシャツの形をしている。岩の割れ目にさしこんだ木の枝に、片方の肩をつりあげて、かかっている。

「あれ、にいちゃんのだ。こんなところに干して。」

ミキは、六のところのおばさんがいいそうなことをいって、枝をひっこぬいた。せんたくものを、日の当たる岩の上に出して、六にわらいかける。

「この近くにいるよ、きっと。」

「こらっ、ミキ。」

ミキがいい終わらないうちに、兄貴の声が降ってきた。五、六メートル先の高い岩の上に立っていた。

「おろせ。よけいなことするな。」

「だって、かわかない……。」

「ばか。船から見られたら、どうすんだ。おれはな、無人島で助けを待ってるのとちがうんだぞ。」

ミキは、ほおをふくらませた。

「おれたち、いいもの持ってきたんだ。」

六は、いった。兄貴は、こっちへこいと、まねく。

「拾ってきたんだよ、マキリ。」

走っていって、高くさしあげてみせた。兄貴は、岩をおりてきた。

「これだ。どうやって拾ってきた。」

「おとといの夜、舟こいでいったんだよね。タンカーが、また爆発するし、六ちゃんは追っかけられたり、ころんだりして。」

「でも、うまくにげてきた。」

兄貴は、白い歯をみせた。口のまわりには、たった二日間で、すっかり濃いひげがのびている。

「いまも、だれにも見つからなかっただろうな。よく、ここまで、おりてきたもんだ。」

マキリを腰にはさもうとして、パンツ一枚でいるのに気がついた。兄貴は、でかい声でわらった。

「おい、これ、あそこの奥にあるおれの荷物といっしょにしといてくれ。いま、おまえたちにウニとってきてやるから。」

枝を切りおとした長い棒をとりあげて、水にもぐっていく。

「むこうへ行こう。」

ミキが、声をはりあげた。そういえば、さっきから、六ものどの奥に力をいれて声を出している。土の底から、腹に伝わるような鈍いひびきがしてくる。

音は、ほら穴の入口にせめよせる波が、岩にうちあたって吠える声だった。それは、穴の奥にこだまして、地底で打ったいこのひびきになって返ってくる。これが、アフンパロか。海にむかって開いた、大きなうずまき貝の口のような中には、磯舟が一そう、ゆうゆうとはいっていけそうだ。

「にいちゃんは、この奥に住んでるのかい。どうやって、中にはいるんだ?」

「はいれないよ、こんなとこに。あっ、またきた。すっごい波。わっち、もうびしょびしょだわ。」

六とミキは、青黒い潮の動きをながめた。おしよせてきた水は、アフンパロののどの奥まで白い波頭をたてて流れこんでいき、そのまま地獄へ落ちていくのだ、と思われてくる。

「おーい。こっちだぞ。登ってこい。」

いつ水からあがったのか、兄貴が上のほうでよんだ。頂上から三角形に落ちこんだ岩壁を背にした草地にいる。

「このへんは全部、おれのねじろさ。ほら、食え。とったばっかりのは、うまいぞ。」

兄貴は、手に持った石でウニの殻を割り、六とミキの前にならべた。

「へえー、ウニってこんな殻にはいってんのか。あ、うまい。」

山でよく拾ったクリのイガに似た殻の中に、だいだい色のウニの身があった。指ですくって口に入れると、潮の味がして、舌の上にかすかな甘みを残してとけていく。みるまに、六とミキのそばに、殻の山ができる。

「どんどん、食え。」

「ほんとは、もう禁漁なんだよ、これ。」

ミキは、新しい殻に手をのばしながら、いう。

「かまうもんか。これがなかったら、おれは飢死にするとこなんだからな。だけど、もう食いあきた。」

「そうだ、にいちゃんに米持ってきてやったんだ。ホッキ貝の殻に入れてさ。このまま、火につっこんどくとうまく炊けるから。」

ミキは、六にあずけてあった布袋を、兄貴のほうにおしてやった。

「そのウニ食い終わったら、穴の中、見せてやるからな。潮があがってくるときはすごいぞ。」

潮があがる？　六は、腰を浮かした。

「おれ、帰るんだった。」

「帰る？」

ミキの兄貴が、まゆをけわしくした。

「六ちゃんはね、とうふ売りをしてるから早く帰んないとだめなんだ。だから、浜んとこ通れるうちに。」

「じょうだんじゃない。もう、水ついてるさ。休め、休め、とうふ売りなんか休んだって、どうってことない。」

きょう休むのは、まずいんだ。組合のいいなりになったみたいで。六は、口の中でいいかけるが、兄貴は、いちばん大きいウニを割ってさしだしている。

「帰らなきゃだめなのは、ミキだ。また、じいちゃんほったらかしてきたんだろ。」

「いいや。いっつも、となりのばあちゃんに、ちゃんとたのんでる。そのかわり、コンブ干し、手伝ってやってるんだも。」

「じゃ、行くか。」

兄貴とミキは、立ちあがる。

「六ちゃん、行く?」

「……うん。」

六は、いまきた磯のほうをながめてみる。帰るには、少しおそすぎたかもしれない。こんなものを食べていたからだ。残りのひとしずくを飲んで、殻を投げ捨てた。

兄貴は、下にはおりないで、逆に少し登った。つる草がからみついた壁の前に進み、草をかき分けた。からだをかがめた、と思っているうちに見えなくなった。続いて、ミキが消える。おくれてついていった六は、そこに走りよった。

「早く、くぐっといで。」

ミキの声がひびく。頭をさげて、からみあった草の中にはいる。まっくらだ。二、三度、壁にさわったら、もう、手は空をつかんだ。耳は、なにが鳴っているのかわからない大音響でしびれる。はっきり目にうつっているのは、半円形に切りとられた、青い海と空である。さっき、外からながめていたアフンパロの口だ。そこからさしこむ光で、足もとに波立っているプールが見えた。六は、つめたくぬれた岩の上にひざをついた。

「すごいだろ」頭の上で、ミキの兄貴がいう。「もっと奥のほうに行ってみるか。水がわいてるんだ。」

「飲みたい。」

ミキは、あきカンをたたいているような高い声を出す。

「のどかわいた。ねえ。」

そういうミキにうなずいておいて、六はこの大きな洞窟の中を見まわした。波がけずった天井は、背の高いおとなでも立って歩けるくらいあるし、三人が歩いていくろうかは、広くなったりせまくなったり、登ったりおりたり、段があったり割れ目ができていたりするけれども、この自然のプールのそばを半周できるらしい。

「ひゃっこい。」

「どら。」

ミキと場所をかわって、六は泉の水をすくった。入口からさす明りは、もう、ここまではとどかないので、黒い水を飲むような気がする。だが、それは、てのひらできれいに澄んでいる。冷たさがのどにしみる。

泉の水が流れ落ちているあたりが、このほら穴の一番奥らしく、まっすぐせめてきた波が、六の足の下でくだけ散っている。水面の泡が消えないうちに、あとおしをしてきた小さい波がくずれかかる。

白い泡が、黄色く染まった。洞窟の壁を、さっと光がかけぬけたのだ。

「なんだ?」

もどりかけていたミキの兄貴が、鋭くきいた。泉の近くの壁が、ほんのり明るい。太い柱を五、六本束ねて立てたように見える岩壁が、だんだん明るくなる。

「あそこに……。」

六は、壁のひだを指さした。光が一本の柱のかげから強くさしてきて、まるい輪がくっきりと壁に浮かぶ。足をひきずる音がする。

「だれだ!」

ぷつっと、光が消えた。ミキの兄貴は、もう一度、暗闇にむかってさけぶ。

「だれだっ。」

せきばらいがきこえて、灯が、またついた。ひょろ長い人影が、立っている。

「おじさんだ‼」

六は、兄貴の前に、とびだした。

「おじさんだよ、本屋のおじさんだ。」

ミキが、うしろでさけぶ。

「おどろいたなあ。」

おじさんが、息をついて、いう。

「びっくりしたのは、こっちだよ。あんた、なにしにきたんだ。」

にじりよっていく兄貴に、六は、ぴったりくっついた。

「おじさんは、夏の家さがしてるんだ。それで。」

「なんの家？　そんな家が、こんなとこにあるわけないじゃねえか。どっからもぐってきたんだ、あんた。」

「それが、おもしろい。きみの家の裏の物置からなんだよ。」

「えっ、続いてたの。」

「あそこから。」

六とミキに、おじさんは、いちいち頭をふってみせる。

「きみたちは、どうやってきた。」

「山登って、崖おりて。」

「そうか！　じゃ、ここは、もうミサキの裏側なのか。」

おじさんのほうが、おどろく番だ。

「ここ、アフンパロだよ、おじさん。ほれ、そこに、地下水。」

六は、泉をさしていった。ミキが、おじさんを、そのそばにつれていこうとした。

「なんだ、おまえら。はなれてろ。おれは、こいつに、ちょっと話がある。外へ出ろよ、おっさん。」

兄貴は、おじさんを導くようにして、出口にむかった。六もミキも、あとについていく。

「ともかく、この子たちもいってるように、おれは、アイヌの人が、むかし生活していた跡をさがしてた。そうしたら、ここへ出てしまったんだ。きみが、ここにこもってる事情も少しは知ってるがね。」

洞窟を出るとすぐ、おじさんがいった。

「どのくらい知ってるか、いってもらおうじゃないか。っていっても、警察のまわし者なら、どうせ、うまいことといってにげて帰る気だろうからな。ちょっとやそっとで、あんたを信用して帰すわけにゃいかないぜ。」

兄貴とおじさんは、照りつける午後の陽の下で、汗をにじませてむきあう。六とミキは、草の壁のそばで、はりつけになったように動けない。これは、悪い夢の一場面だ。ミキの兄貴と本屋のおじさん、こんな顔合せは、あってはいけない。ふたりのうち、どっちかがにせ者で、目をつぶって、あけたら、消えている、ということは、おこらないか。それどころじゃない。いま、おじさんと兄貴は、急な崖の上に立って、はげしくいいあっている。

「どうする?」

ミキが、汗ばんだてのひらににぎっていた草の葉を、足もとに捨てて、いった。

「ね、六ちゃんは、おじさんがきた道通って帰って。おじさんに送ってもらってさ。」

「いやだよ。おれ、ここにいる。」

「ちがうんだってば。六ちゃんは、おじさんをうまくにがすんだ。にいちゃんは、わっちが引き受けるから、いいよ。」

ミキは、六の返事も待たないで、むこうへよびかけた。

「六ちゃんを帰してよ。おじさんがきた道から帰して。とうふ売りにおくれてしまうから。」

ふたりは、こっちを見た。おじさんがなにかいい、兄貴が答える。

「おじさん、道教えて。」

ミキは、いまだ、というふうに、ねだる。兄貴は、おじさんと、もどってきた。

「六も、ミキも帰れ。おれたちは、まだ話があるから。」

「わっち、いる。」

「うるせえな。帰れったら帰れ。この人が途中まで送ってくから。」

「あかりが一つしかないからな。迷うといけないから、入口まで行くよ。」

おじさんは、静かにいって、時計をはずした。

「そうだな。行きに十五分、帰りは十分。二十五分で行ってくる。」

時計を兄貴の手にわたすと、六とミキの肩をたたき、洞窟の中にはいっていく。兄貴は、だまって、ついて行け、と、あごをしゃくる。

これは、どうしてもひっくり返せない劇の終りだ。六は、くちびるをかんで、いった。

「いいよ、おれ、またくるから。」

「わっちも、くるよ。」

ミキは、負けない声でつけ加えた。

陽も月も、いっしょに沈んでしまった浜には、夕闇が漂いはじめていた。コンブ干し場のむこうで、軽くなにかがはじける音がした。海へ、赤い火の玉が尾を引いて飛ぶ。青、赤、緑、紫、白っぽい黄、そしてまた赤、七連発だ。こんなところにまで花火をあげにきているのは、町の高校生らしい。ミサキの子どもたちが、めずらしそうにそばへよっていって、母親によびもどされている。

六は、花火を目で追いながら、ミキのところへいそぐ。自転車の灯はつけないで、ミサキを通りぬけ、家の前まできた。台所に電灯がともって、みそ汁の、いいにおいが流れている。

「待ってたんだ。じいちゃんには、ごはん食べさせたし、すぐ行こう。」

ミキは、板の間にならべた紙包みや買い物かごを見わたした。

「おにぎりを一つずつ作ったけど、たりないかな。むこうへ行って、さっきのお米炊けばいいよね。それから、これ、ビール。借りてきたんだ、となりから。」

「おれ、とうふ持ってきた。だから、しょう油少し入れて。」

ポリ袋に入れてきたとうふを、六は、買い物かごのいちばん上にのせた。

「はし、と。お椀がたりないね。」

「なんでもいいったら。」

六は、そばにあったいれものを紙袋におしこんでかかえる。

「六ちゃん、かごも持って。わっちはなべさげていくんだから。」

「えっ、そのなべも。」

「おいしいんだよ。」

ミキは、ふたをとってみせた。わかめと、裏の畑にあった菜っ葉のおつゆだ。

だが、両側にとってのついたそのなべは、暗い洞窟のでこぼこ道を行くには、不向きな荷物だった。ミキは、石につまずいたり、ぬれた岩の上ですべったりしては、「あれっ」とさけび声をあげる。そのたびに、なべをおろして、中の汁が静まるのを待つので、六も前へ進めない。どこまで行っても、まだその先に暗い穴が続いているのを懐中電灯が照らしだす。おじさんとにいちゃんとは、あれからどうしただろうか。早く行って、たしかめたい。

「心配するな。ミキのにいさんは、思ったより話がわかるぞ。きょうは、徹底的につきあってやることにした。」

物置で別れるときに、おじさんはそういった。だが、六とミキは、やっぱり心配だった。

「晩ごはん作って持っていこうか。」

と、ミキがいったのに、六はすぐ賛成した。

「うまいもの、いっぱい持っていこう。腹がすいてると、怒りっぽくなるって、うちのおばばがいうけど、いつも、おれ、ほんとだと思うんだ。だから、な。」

六は、かごをゆすりあげ、紙袋をかかえなおした。ミキとふたりで、食べ物を運んでいくこの道は、クジラの長い長い食道みたいだ。天井や壁の、丸みをもったひだが内臓のひだそっくりだ。ときどき、ひたいや首すじに落ちてくる水滴、まわりのよどんだ空気、あの巨大な海の哺乳動物のおなかの中は、こんなふうに暗くてしめっぽいにちがいない。食道を歩いているのだとすれば、胃に行きつくことになる。いや、アフンパロは胃というよりも、はげしく呼吸する肺だ。

六は、灯を壁にはわせる。食道から肺に行くには、二箇所くらい別れ道があったはずだ。昼間、おじさんがこの道を送ってくれたときに、そこで、壁に印をつけなおしていた。ナイフのえで、土をひっかいたあとがあった。大きな矢印である。こっちだと思いながらも、印のない道が気になる。むこうにはなにがあるのか、行ってみたい。おじさんは、このほら穴を、もう、だいぶ歩いてしまったのだろうか。いっしょに探検すればよかった。

「また、こぼした。もう、半分しかないわ。」

ミキは、なべの中だけを見つめて歩いているらしい。

「もう、少しだ。出口はあそこだから。」

岩にかこまれたあのプールで騒ぐ水の音がきこえはじめてもいい場所だ。六は、いそぎ足になる。潮の音も人の声もしない。

岩のかげから、のぞいた。泉のそばで、火が燃えている。木の枝を折って、火にくべているのは、おじさんである。

「またきたよ。」

六が走りだし、ミキが続いた。

「にいちゃんは?」

「いま、なにか食べるものをとりに行った。」

おじさんは、ふたりを見ても、おどろいたようすはない。

「おじさんはたき木をとりに山へ、にいさんは海へ、ってわけさ。客がくるかもしれないと思ってな。」

「客?」

「きみたちだよ、やっぱりもどってきたな。」

そこで、声を出してわらった。

「食べるもんなら、いっぱい持ってきた。おにぎりに、とうふに、これはビール。」

「みそ汁もあるんだから。」

ミキは、なべをつきだしてみせる。

「すごいごちそうじゃないか。そのなべは、ここにかけておこう。」

おじさんは、火をかきよせて、石でかまどを作る。ミキは、ビールを泉の水につけたり、食器をとりだしたりしはじめる。

「もう少し大きい石があるといいな。」

「おれ、拾ってくる。」

六は、海にむかってあいている口のほうへ歩いていった。洞窟の中が静かなのは、引き潮のせいだった。さっきは、あんなにはげしく打ちよせていた波が、いまは、ゆったりとせめてきて、返すときには台所の流しで水が落ちていくような音をたてる。

おじさんとミキの兄貴とは、うまく話ができたようだ。いったい、どんな話をしたのだろう。六は、おだやかな海と暮れ残った空との境目で、ぼんやりしている水平線をながめた。

「おーい、とってきたぞ。」

まだパンツ一枚の姿で、兄貴があらわれた。かわいたシャツとふくらんだ手ぬぐいの包みをさげている。手ぬぐいの中からは、大きなツブ貝が、いくつもころがりでた。

「出てるかな、煙。」

「そう思ってみれば、ってとこだ。だいじょうぶだろ。」

おじさんと兄貴がいうのをきいて、六は、ミキと競争で、小枝を火に投げいれた。かたくふたを閉じていたツブが、白い息をもらして、おどりはじめる。

「さあ、あんたからやってくれ。」

兄貴が、岩の角でビールのせんをとばして持ってきた。

「これでもらおうか。」

そばにあったお椀をとりあげたおじさんは、ビールの口を受けようとして、きゅうにひっこめた。お椀を両手で持って、ながめまわしている。

「これは、エトヌップだ。ミキちゃんが持ってきてくれたのか。」

「知らない。なんでもいいからって、六ちゃんが……。」

「入れたのは、おれだけど。」

「こいつで飲めるとはすごい。アイヌが酒をつぐときに使ったはずのものだ。」

六は、埋められてしまったほら穴で、おじさんが拾ったお椀を思い出した。そうだった。あのとき、おじさんは、ミキのうちにも同じようなものがあるときいて喜んでいた。

「そったらもの、どうだっていいじゃねえか。早くやってくれ。」

兄貴が、びんをさしむける。

「あんたは、なにかっていうと、アイヌ、アイヌだ。酒がまずくなっちまう。」

「すまん。つい出てしまうんだ。」

「おい、おまえたちも一杯つきあえや。重いのを運んできたんだからな。」

六とミキが出したプラスチックのお椀にも、兄貴はビールをついだ。

「うめえ。生き返った。」

兄貴は、ひげについた泡を指ではらった。

「このとうふも、うまい。こんなうまいもの、はじめて食った。」

「おれも、ツブっての、はじめて。ウニもうまかったけどさ。」

「おせじじゃねえだろうな。そいつは貝の奥のわたまで全部食べるのが通だっていうぜ。

ま、にがいから、やめとけ。」

「うむ。たしかに、六のとこのとうふはおいしい。」

おじさんが、いいだした。一口飲んだだけで、目のまわりが赤く染まっている。

「これに、ネギのきざんだのがあると、最高だ。」

「とってくればよかったね。畑にあったんだけど。」

お椀のふちからビールをすっていたミキが、くやしがる。兄貴が立ちあがった。

「おれが、とってきてやる。」

「いいんだ、いいんだ。こんなとこでぜいたくをいっちゃ、申しわけない。」

おじさんは、手をあげて、とめる。

「畑まで行くの、にいちゃん。」

「すぐだ。待ってろよ。」

兄貴は、にやっとわらって奥とは反対の外へとびだしていった。六は、こっそりあとを追った。だが、草の壁からのぞいたとき、兄貴は十メートルも先を走っていた。白いシャツが、崖をはい登っていく。

もどってきた兄貴が、六の前にさしだしたのは、幅の広い草の葉だった。

「これが、ネギ？」

「においをかいでみろ。アイヌネギだ。」

兄貴が、その葉をマキリで細かくきざむと、洞窟の中に、強いにおいがひろがった。

「ニンニクのにおいだな、これは。」

おじさんは、はしでほんの少しつまんで、とうふといっしょに口に入れた。六もやってみたが、くさくて味がよくわからない。

「おれの話、きいてくれや。」

兄貴は、新しく汲んだ酒のお椀を片手に持ち、もう一方の手で草をつまみあげる。

「北洋で死んだおやじが、これすきでよ。ミキはおぼえていないだろうが、おれ、小学生のころ、おやじにこれだけは食わないでくれってたのんだんだ。うちじゅう、くさくなるもんで、学校へ行くと、アイヌはくさいっていわれる。だから、おれは、一生、食わない気だった。それでも、おやじはやめられなくて、こっそり食ってたな。」

いいながら、兄貴はネギを口にほうりこむ。おじさんも、とうふにのせて、さかんに食べる。

「ギョウジャニンニクともいうんじゃないか。からだにはいいんだぞ。アイヌは、ちゃんと、そういうことを知って食べてたんだろう。」

「知ってたのかい、おっさん。おれは、ここにきて、これがはえてるのを見たとき、いやーな気がしてよ。」

「話をきくと、その気持もわかるが、うまいもんじゃないか。いやあ、まったく、きょうはついてるな。お祭りみたいな気分だ。」

「クジラのお祭りだ。」

ミキが、突然、いった。

「なんだい、それ。」

六が、きく。

「となりのばあちゃんにきいたんだ。むかしクジラがとれたとき、ここでもクジラ祭りをやったんだって。大きなのをさ、みんなで分ける前に、浜で歌ったり踊ったり、砂をきゅっきゅ鳴らして騒ぐんだと。コンブ干し場のむこうの砂、ほんとに鳴るよ、きゅっきゅ、きゅっきゅ。」

「へえ、こんどやってみよう。」

「クジラっていえば、伝説があるな。これもやっぱり、アイヌの話だが……。」

おじさんは、いいにくそうに口ごもる。

「やってくれよ。こんばんは、なんでもしゃべれ。おれも、アイヌネギ食っちまったんだから。」

「……こういうのだ。むかし、エゾは、海も山も不漁続きで食べる物がなんにもなくなったことがあった。日高のアイヌたちのあいだに、エトモへ行けば、つまり、いまの蘭内だな、そこへ行けば木の実もあるし、魚もとれるっていううわさが伝わった。そこで、アイヌたちは、南へ南へとおりてきた。この浜を通りかかったときは、ちょうど、こんな夕暮れどきで、飢えと疲れで、みんなまいっていた。見ると、沖にクジラが一頭浮かんでいる。アイヌたちは、陸に流れよってくるのを待った。夜になって、寒さがひどくなったが、持っていたお椀まで燃やしてあたたまりながら待ち続けた。そのお椀は、食べ物が手にはいったらと思って身につけてきた食器だ。けれども、クジラは浜へ近よってはこなかった。それは――。」

「この半島だったのかい。」

「でも、いくら夜だって、動かないもん、わかるっしょ。」

おじさんは、六とミキがいいあうのを、首をかしげてきいていた。

「伝説では、動かないクジラは、この半島っていうことになっている。だが、もう一つの説では、ここの穴からまっすぐ沖に見える鯨岩、フンベシュマっていうんだが、それだっていってるんだ。潮が干いてきたから、いま、見えるだろう。」

六もミキも、兄貴も、腰を浮かして岩屋の半円形の窓から、沖を見た。昼間は気がつかなかった岩が、すみれ色の海に黒い頭をもたげている。それは、大きなクジラの背中か頭の一部のようであり、波の下から、いまにも全身をあらわすのではないかという気がする。

「さあて、おれは、なにをいうつもりだったのかな。うん、クジラを待ち続けたアイヌたちは、どうなったかということだ。」

「死んじまったのさ。飢死に。」

兄貴が、ずばり、いった。

「むかしもいまも、アイヌってのは、バカなやろうばっかりだ。」

「そう、思うのか、きみは。おれは、ちがうね。」

おじさんは、すわりなおした。洞窟の中の闇はきゅうに濃くなり、たき火のあかりが、みんなの顔を照らしだす。

「もちろん、アイヌたちは死んだのさ。夜が明けたときには、飢えと寒さとでたおれていた。動かない岩をクジラだと思って死ぬなんていうのは、そりゃ、バカげたことさ。この話は悲しくも哀れなアイヌの話として伝わっている。ただね、クジラは、アイヌにとっては神の使いなんだ。神がクジラの肉をアイヌに分けてやるためにくださった使いだ。だから、ミキがきいてきたように、鯨祭りをして、肉をもらい、魂は天へ帰してやる。これは、熊祭りと同じだ。この浜で、アイヌたちはその神の使いを待った。クジラと信じて待った。おれには、その祈りっていうか、心というのが美しく思えるんだ。人間として、アイヌの人たちは、自然をそんなふうに信じ、愛したんだからな。」

エトヌップといった、あのお椀を両手で持って、おじさんは、残っていた酒をあけた。首すじまでまっかになり、口は少し早くなめらかに動く。

「もしも、だな。無人島に行って、そこですきなように暮らせることになったら、どんな生活をしたいと思うかな。」

「それは、さ。あの、ロビン、ロビンソンとかいう人みたいにかい。」

六には、高校生のにいちゃんの手紙のことが、まっ先に頭にきた。

「にいちゃんは、ミキのじゃなくて、おれのほうのにいちゃんは、いってた。いまと同じ生活を、そこに作りあげてみせるって。」

「なるほど。六も、同じか。」

「おれは、いまと同じってのは、つまんないな。土器なんか作って、矢じりをみがいて魚釣って、昼寝してっていうのもいいし、二十一世紀の終りのへんまでいっぺんに行ってみるのもいいな。自動車はほかのものにかわってて、工場の煙はなくって。」

「欲ばりだな。おれは、六とは反対に時代をさかのぼって生活してみたい。そこで、おれが選ぶのは、アイヌの時代だな。いまの話みたいに飢えもついてまわるが、心はずっと豊かに生きられると思うんだ。」

「あんたは、無人島なんかに行かなくても、いま、ここで、そういうふうに生きてるさ。おれにこそ、そういうアイヌの血が流れててもいいはずだけど、さっぱりだ。……もし、できたら、無人島にはなあ、アイヌだけで住みたいね。でも、それも、いやになるかな。こんなマキリを一日じゅう彫ってるなんてこと、おれにはできねえからな。」

「にいちゃんはだめだ。海に行くのも、きらいだし。わっちなら、できるけど。」

兄貴は、ふんと鼻を鳴らして、きざんだネギの青い汁がついているマキリの刃を指でなでた。顔をあげた兄貴と、マキリに見とれていた六の目がぶつかった。

「そうだ、これ、おまえにやる。拾ってきてくれたときから、決めてたんだ。」

「おれに？」

六は、立ちあがった。むかいにすわっている兄貴のそばへ行こうとするのだが、酔っぱらってしまったように、足がふるえた。

15 赤い砂と黒い土をかぶる町

六は、ふとんの上にすわって、頭をゆすった。よくねむったのかねむらなかったのか、はっきりしない。たくさん夢をみたような気がする。だが、考えてみると、全部、ゆうべのことだ。お椀に一杯ビールを飲んだっけ。それで酔っぱらって、けさは、こんなにおかしいのか。それとも、話に酔ったのだろうか。そうだ。話に酔っぱらうってことだってあるのだ。これは、おれの経験、いちばん新しい経験だ。

机の上においてあるマキリを見る。だいじなものは、ひきだしの奥に入れておくのだが、こいつは、いつでも出しておいてながめていたいような気がする。マキリには手をふれないで、腕時計をのぞく。針はVの字だ。両手をあげてとまってしまったのかと思ったとたん、階下の時計が打ちはじめた。音は十一も鳴った。腕時計は五分進めてあるから、これでいいのだ。これでいいいって！

「あのねぼすけ、心臓まひでもおこしてるんじゃないだろうね。」

「さっき、上に行ったときに声かけたら、返事したんだけど。」

六は、おばさんに、そんな返事をしたおぼえはない。便所へ行くろうかで、首をかしげる。

「売って歩くのでつかれるんだろう。暑いのに、とうとう夏休みじゅう、がんばったものねえ。」

「これからがたいへん。学校ははじまるし。」

「朝売りの人が出てきたっていうしね。あの子にいったのかい。」

おばばもおばさんも声が大きいから、全部きこえる。六は、便所の戸の前に立ったまま、動けない。

「まだいってないんだよ。きのう、きいたばっかりだから。これで、組合はどう出てくるか。朝売りしてるのが二軒もあるっていうもの。」

「六のためには、よかったような悪かったような、だねえ。」

便所を出たら、頭がはっきりした。まっすぐ茶の間にむかう。

「朝売りが、ふたりも出たって？」

「おや、きいてたのかい。」

おばばとおばばさんが、目を見合わせる。

「おれ、きっと出てくると思ってたんだ。さあ、おもしろくなってきたぞ。こうなったら、うかうかねてられないや。」

おばばもおばばさんも、ふきだした。

朝めし、いや、昼めしを食べながら、六は、新聞をひざの横にひろげて、拾い読みをした。

「火勢急速におとろえる　残油量わずかか　タンカー爆発四日目」

第一船倉から燃えだした火は、この四日間に第七船倉までひろがり、爆発をくり返して、この町の空を昼も夜も赤く焼いた。住民の恐怖は〈石油時代の港の恐怖〉である、と記事は結んであった。

石油時代の恐怖か。石炭時代にも恐怖があっただろうか。町が燃える恐怖や煙突から出る赤い砂への心配はなかったと思う。石炭時代の恐怖は、坑内で働く坑夫たちの災害への恐怖だ。それは、石油のために石炭の需要が減って、炭鉱が落ち目になってから、かえって多くなっている。

「タンカー爆発の原因　調査進む。」

大きな記事とははなれた、すみのほうに、小さい見出しが読めた。茶わんもはしも投げ出して、そこへのめりこんだ。頭の中で活字がばらばらにとび散ってしまいそうだ。

「……船首に亀裂(きれつ)がはいり、大量の原油が流出した。そこへ綱取(つなと)り船の〃北隆丸(ほくりゅうまる)〃が近づき、それと同時に火の手があがったことから、火元は、同船の機関室の煙突(えんとつ)から出た火の粉が原因……。」

六は、店へ行き、くつをひっかけた。裏口(うらぐち)へ出ようとしたら、おばばの声がとんできた。

「もう、出かけるのかい、六。いま、おきたと思ったら。」


六は、おじさんの小屋に、かけつけた。

「けさの新聞、見た？　おじさん。」

「ああ、見たよ。なにかあったか。」

おじさんは、床屋(とこや)に行ったのか、さっぱりした顔をして、土器の写生をしていた。埋(う)められたあのほら穴(あな)で掘(ほ)ってきた甕(かめ)や石器がきちんと整理されて、この部屋に落ち着いている。

「なにかあったかじゃないよ。読まなかったのかい、タンカーの火事の原因。」

「タンカーの記事は読んだけどな、なんだっていうんだ。」

「そばにいた舟の火の粉だってさ。にいちゃんに早く知らせに行かなきゃ。」

「そうあわてるな。おれもいっしょに行く。」

バイクを庭に引き出してきて、おじさんは、六の自転車と見くらべた。

「自転車とじゃ、走りようがないな。六、久しぶりでこいつのうしろに乗らないか。それは、ここにおいていけ。」

「いいけど、おじさんとこは、ノラネコがくるんじゃないかい。」

「なんだって。その荷台にのっかってるもんをとられるっていうのか。」

「そうなんだよ。おばばが、川田に自転車を返しにいくんなら、持ってけって。油揚げなんだ、これ。」

「おーい、ちょっと、これ、どこかに入れとけや。」

おじさんは、顔を出したおばさんに、油揚げの包みをわたし、「出かけてくるぞ」と宣言する。もうこそこそ出かけなくなったのだろうか。すごいかわりかただ。

「お昼は、帰ってからですか。」

おばさんは、やっぱり少し気げんを悪くする。

ミキの家の前まで、バイクでぶっとばした。家の中は、いつものようにひっそりしている。おじさんが腕を組んで考えこむ。

「帰ってきてはいないな。」

「だれが？　ミキは、アフンパロに行ったんだよ、きっと。行ってみよう、おじさん。」

だが、おじさんは動かない。

「兄貴が、ひょっとしたら帰ってきてるんじゃないか、と思ってたんだよ。おれは、この際、兄貴がじぶんで解決をつけるほうがいいと思うんだ。火事の原因はほかにあったぞって教えちゃ、なんにもならない。」

「そうかなあ。おれ、喜ばしてやりたいけどな。ミキだけでも。」

「ミキも、いま、おれがいったことがわかってくれたらな。」

教えてやってもいいとつぶやきながらおじさんは、浜のほうへ引っ返す。

「おじさん、バイクは？」

「そこにおいとこう。ひとまわりしてこようや。」

六は、裏へ行きかけた足を引きずってもどり、おじさんに従った。

「なあ、六。わかるか。おれはな、きのう、ミキの兄貴に、一度、警察に行くようにすすめたんだ。西町の署だったか、調べにきた刑事と顔を合わせてみろってね。そいつがどう兄貴に当たるかはわからないが、兄貴は、対決してみなけりゃいかんのだ。」

「でも、もしも、もしもだよ。にいちゃんがいってたように、なんにもしないのに犯人にされるってことがおこったら、おじさん、どうする？　おれ、そういうことがないっていえる自信ないな。だって、シャモはひとり残らず、アイヌを色めがねで見るって、にいちゃんがいってたし、おれが考えてみても、そうだもの。おれだって……。」

「そうか、六。じゃ、ミキのことはどう思う？」

「ミキちゃんのことは……。ここんとこに、ミキもミキのにいちゃんも、おれのすきな人間だっていうのがはっきりあるけれど。」

六は、心臓に手をあてて、そこが、ばかにどきどきしているのに気がついた。あ、おれ、「すき」なんていってしまった。

「六は正直だよ。それでいいんだ。」

おじさんがほほえみかけるので、顔まで熱くなってくる。

「そして、むこうにも選ばせるんだ。おれや六のことを、ミキや兄貴がすきかどうか、友だちにするかどうか。おれのいう対決っていうのは、そういうことだ。」

六もおじさんも、人のいない道を選びながら、丘の上へ続く草原にきた。

「登ってみるか。」

「うん。」

草原をぬけ、新しくつけられた道を登って、丘の頂上に出た。ゴルフ場の拡張工事はもう整地作業にうつっていて、なだらかな敷地に、まんじゅうのような小山や、すもうの土俵のような形が作られている。

「みんな、土をかぶってしまったな。」

「ねむってるんだって、おじさんいったじゃないか。」

「うむ。」

おじさんは低くうなって、赤い鼻のように見えた岩や、オートバイをかくした茂みのあった場所をさがしている。

「ここに立つときは、いつも、おれは工場にしりをむけて、こっちの草原を見てたな。これからは、海と、半島と、空しか見るところがない。」

「空も、こんなにくもってる。」

六は、赤い砂の降る町のほうをながめた。おじさんがこれまで背をむけてきたという工場の六本煙突から、黄色い煙がさかんにはきだされている。港が見える。埠頭には、船の姿はない。防波堤のそばで、まだ、タンカーが黒煙をあげて燃えているのだ。まったく、けむたい景色だ。だが、その一つ一つが、どういうわけか、心にくいこんでくる。つい、このあいだは、この町にいるじぶんを無人島にいるみたいだと思ったが、おれは、一生、ここで暮らすかもしれない。おれは、おじさんがいう、おれの無人島にきてしまったのだろうか。六は、ぎくっとする。そうだ、この煙の町が、おれの町なら、おじさんみたいに墓場をながめるような目つきで見てはいられないんだ。

「六。おれは、ミキちゃんから、あのお椀をもらったぞ。」

おじさんが、いった。

「にいちゃんが六にマキリをやったから、わっちはエトヌップをおじさんにあげるって、さ。」

「いいなあ、おじさん。でも、おれ、とりかえっこはしないぜ。」

「おれだってするもんか。あれで酒を飲むんだからな。」

半島の見える海にむかって、六とおじさんは思いきりわらった。光る海にかこまれた半島は、わきあがる入道雲の下でクジラが昼寝をしているように見えた。

浜へ出て、渚に足あとをつけて歩いた。砂山の近くで、小さい子たちが、ボールをけって遊んでいるのが見えた。ミサキの子ではない。男の子は白いシャツに野球帽、女の子は思い思いの色の服を着て、砂浜に花火が散ったように見える。

「六ちゃん。」

声がはずんで、とんできた。ミキが子どもたちの輪の中からかけだしてくる。

「こんなとこで、なにしてんだ。」

「遊んでたんだ、みんなと。」

ミキは、ひたいにかかる髪をかきあげて、いう。

「おう、内藤。」

青木だ。青木が子ども会の連中を浜につれてきているのだ。よく見ると、社宅の子どもにまじって、はだかのミサキの子たちが、ボールを追いかけてはしゃいでいる。

「へえ、学級委員のやることはちがうな。」

六は、楽しそうにわらっている青木にいった。

「なあ、学級委員、学級委員っていうなよ。」

青木は、まじめな顔をする。

「おーい、おれはバイクをとってくるからな。ここで待ってろ。」

おじさんが、うしろからどなって、半島のほうへ、歩いていった。

「きょうは、あそこに行かなかったのか。」

六はミキにきいた。ミキは、頭をふって、ほんの少し顔をくもらせた。

「けさは、先生がきたから。」

「ガヤが？　なんだって。」

「いつも同じこと。学校にこいって。」

「ほんとに、こいよ。」

青木が、口をはさんだ。

「だって、じいちゃんがいるし、学校はすきじゃないんだ。」

ミキは、それからひとりごとのように、いった。

「もうすぐ、夏休みが終わるんだね。また、みんな、いなくなっちゃうんだなあ。」

肩(かた)をおとしたミキに、六は二、三歩近よった。

「いいこと教えてやろうか、ミキ。火事の原因がわかったんだ。けさの新聞に、綱(つな)取り船の火の粉が原因って書いてあった。」

「ほんと！　じゃ、にいちゃんは、なんにもしてないってことになるのかい。」

「もちろん。だけど、なんていえばいいのかな。あそこから出てきてもいいわけだけど……。」

六は、おじさんのいったことをどう伝えればいいかわからなくなる。青木が、いっしょに考えていて、いう。

「よく知らないけど、そういうの、無実っていえばいいんじゃないか、疑いがはれた、でもいいな。」

「そう、そうだわ。よかったあ。」

ミキと青木は、六がつまってしまったのを感ちがいしている。

「ちがうんだよ。」

六がいいかけたのをさえぎって、ミキが声をあげた。

「にいちゃーん。」

見ると、半島のほうから、ランニング姿のにいちゃんと、バイクを引いたおじさんがならんでやってくる。そうか、にいちゃんは、とうとう、ひとりで、暗い洞窟をくぐって出てきたのだ。子どもたちがけっていたボールが、輪をはずれて、にいちゃんとおじさんの足もとまでころがっていった。

「ようし、いくぞう。」

ボールを拾いあげたにいちゃんは、頭の上に一度さしあげて、それを地面におきなおすと、猛烈なシュートをした。おじさんが、六にバイクのうしろをさした。

「さあ、六。乗れ。油揚げがくさるぞ。」

「あがれよ、いいからあがれよ。」

川田は、めずらしくしつこくいって、六を二階のじぶんの部屋につれていった。

「おれ、きのうで、あのアルバイトやめたんだ。」

六に机の前のいすをすすめて、じぶんは、かたづけてもいないベッドに腰をおろす。

「どうしてさ。」

「めっかったんだよ、おやじに。あの現場で高校出て浪人中なんてうそついてたのが、ばれてよ。ゆうべ、帰ってきたら、すげえけんまくで、なぐりやがんの。」

川田は、あごのあたりを痛そうになでる。

「だけど、おれ、最近、おやじにしかられたことなかったから、なんだか、いい気分なんだ。そんなにこづかいがほしかったら、おふくろにいわないで、直接おれにいえ、だってさ。こづかいは、どこででもかせげるけどよう。」

「おまえんちのおやじにあってみたかったなあ。」

「みたかったたって。そうか、あの話どうしたんだ。おまえ、だれだか、えらいのつれてきて談判するってはりきってたじゃないか。」

「うん。その話はもういいんだ。」

「それと、おまえ、事故の犯人さがすっていってたろう。」

「犯人？　ああ、あれか。あれも見つかった。弁償もするってさ。」

「ちぇっ、思い出したぜ。交通事故じゃなくて、交通量の宿題。」

川田も六も、ごはんの中の石をかみあてたような顔になった。

「やる気しないなあ。」

「別のことをやらないか。おれたちの見たこの町の地図。むかしの地図といまの地図と、これからの地図を想像して作ってみるのさ。これ、いいぞ。いま、思いついたんだけど、協力してくれる人がたくさんいるぜ。」

川田は、手を、また、あごに持っていきながら、さえない顔をしていう。

「ガヤに出した課題(かだい)、かえてもいいのか。」

「いいさ。だって、こっちのほうがおもしろいもの。おまえは、いまのこの町っていうのをやれよ。いまだぞ、いまあるとおりにこの町を書けばいいんだ。ゴルフ場のところは工事中の、そのとおりに。」

「そのとおりか。じゃ、やさしいな。」

「おれは、これからの町ってのをやる。むかしの町は、違星(いぼし)ミキにやってもらいたいな。あいつ、半島のあたりのことなんかくわしいし、おもしろいのできそうなんだけど。」

「いいなあ。三分の一ずつならかんたんですむから。だけど、やるかなあ、あいつ、学校にもこないで。当たってくだけろで、いってみるか。」

「うん。おれたちを助けるつもりで、やってくれないかっていえば。」

「よし、その手でいこう。そういえば、おれだって、おまえたちが埠頭(ふとう)にもぐりこんできたときに、少しは力を貸(か)してやったんだからな。」

「あのときは、おまえのおかげでにげ出せたよ。そうだ、あのマキリ、帰りに埠頭の工事場のとこで拾ったんだ。」

「おれ、あのへんずいぶんさがしたんだぜ。」

六は、頭をかいた。それで、部屋を出るとき、川田の肩(かた)をたたいて、いった。

「こんど、おれの部屋にこいよな。もらったマキリを、一目(ひとめ)だけ見せてやるから。」

『鉄の街のロビンソン』
初版　一九七一年一二月　あかね書房
再刊　一九八一年六月　フォア文庫　童心社

今日の人権意識からみて不適切と思われる表現がありますが、作品成立の時代背景にかんがみ、そのままとしました。

富盛　菊枝（とみもり　きくえ）

児童文学作家。日本文藝家協会会員。日本女子大学家政学部児童学科卒。著書――『ぼくのジャングル』（1965年，理論社）『鉄の街のロビンソン』（1971年，あかね書房）『子どものころ戦争があった』（共著，1974年，あかね書房）『わたしの娘時代』（編著，1974年，童心社）『いたどり谷にきえたふたり』（1985年，太平出版社）『おやおやべんとうくまべんとう』（1986年，ポプラ社）『さまざまな戦後　第1集』（共著，1995年，日本経済評論社）『51年目のあたらしい憲法のはなし』（共著，1997年，洋々社）『金子みすゞ花と海と空の詩』（共著，2003年，勉誠出版）『知里幸恵『アイヌ神謡集』への道』（共著，2003年，東京書籍）『子どもの時のなかへ』（2004年，影書房）『故郷の川を遡る鮭の背に』（2013年，影書房）

現住所　〒350-1305　狭山市入間川3142―16

鉄の街のロビンソン
富盛菊枝児童文学選集1

二〇一五年三月一〇日　初版第一刷

著　者　富盛　菊枝

発行所　株式会社　影書房

発行者　松本　昌次

〒114-0015　東京都北区中里三―四―五
ヒルサイドハウス一〇一

電　話　〇三（五九〇七）六七五五

FAX　〇三（五九〇七）六七五六

E-mail=kageshobo@ac.auone-net.jp

URL=http://www.kageshobo.co.jp/

〒振替　〇〇一七〇―四―八五〇七八

本文印刷＝ショウジプリントサービス

装本印刷＝アンディー

製本＝根本製本

定価　一、八〇〇円＋税

ISBN978-4-87714-454-8

富盛菊枝 著

三好まあや 版画

四六判上製 168頁 1800円＋税

子どもの時のなかへ

ISBN 978-4-87714-320-6

不幸な戦争の時代、飢えと物の欠乏に苦しめられながらも、そこには豊かな〈子どもでいる時間〉があった。戦前の北海道で育った著者の子ども時代の原風景を辿りつつ綴ったエッセイに、本書オリジナルのカラー版画10葉を付す。

故郷の川を遡る鮭の背に

富盛菊枝 著

三好まあや 装画

四六判上製　244頁　2000円＋税

ISBN 978-4-87714-438-8

子どもの文学が生まれる場所、それは幼年時代の森にある——北海道室蘭に生まれ、戦火をくぐり、その風土の中に育った児童文学者が、みずからの内にその原郷を探るエッセイ30篇余を収録する。八木義徳、イザベラ・バードの足跡にも及ぶ。